CUENTOS CASI MÁGICOS PARA MUJERES QUE PUEDEN ENTENDERLOS

I

EL VIEJO REINO

I

El reino estaba al borde del desastre. Las fuerzas de la oscuridad y la ignorancia llevaban meses asediándolo y por fin aquel día habían decidido comenzar la invasión. Aquel pueblo, bárbaro e ignorante, ambicionaba el bello y tranquilo Viejo Reino, regido sabiamente durante siglos por una dinastía de reyes y reinas sabios, prudentes y justos. Sus máximas habían sido siempre el conocimiento, la concordia, la hermandad y la prosperidad, algo que aquel pueblo guerrero e invasor odiaba y envidiaba a partes iguales. Por eso llevaban años acercándose, tentando las fuerzas del reino para comenzar al fin una guerra cruenta y corta, que parecía a punto de culminar aquella misma noche, con la inminente caída de la capital.

A la una de la madrugada las puertas de la imponente muralla rugían ante los constantes envites de los arietes. Desde las almenas, los soldados resistían hasta la extenuación, ayudados por miles de ciudadanos anónimos que les surtían a toda velocidad de agua y aceite hirviendo, grandes piedras y cualquier objeto que pudiera usarse como arma. Todo esto, unido a la lluvia de flechas que disparaban los arcos no parecía bastar para detener la furia de los asaltantes. El fin se acercaba y los habitantes de la ciudad comenzaron a ser conscientes cuando vieron saltar múltiples astillas de la gran puerta de la ciudad. El pánico se extendió entre todos y el que más y el que menos comenzó a buscar a sus familiares más desvalidos que permanecían en sus casas y las pocas pertenencias que pudieran llevarse. Había que huir y hasta el rey parecía ser consciente, pues pronto un pequeño grupo de soldados, comandados por Auros, el gran general del reino, se presentó en la plaza para conducir a la gente hacia el castillo. Allí existían múltiples pasadizos que salían de la ciudad y terminaban en los bosques cercanos.

Auros y sus soldados luchaban por llevar un poco de cordura a aquel pueblo aterrado y enloquecido. A duras penas lograron encauzarlos sin demasiados heridos hacia el castillo y sus pasadizos. Los soldados estaban asustados por su general, que se había empeñado en descabalgar y dirigir la operación a pie. Todos se preguntaban qué hacía él allí en lugar de dirigir la resistencia de la muralla. Sin duda, pensaban, lo daba todo por perdido y prefería salvar al mayor número posible de ciudadanos, ya que la ciudad sería pronto una ruina.

II

-¡Señor: es cuestión de tiempo! Los bárbaros asedian la ciudad y caeremos antes del amanecer. ¡Tenemos que huir!

-La reina no aguantará…

Tras las elegantes ventanas del castillo se oían los gritos enloquecidos de los bárbaros, que luchaban por entrar en la ciudad, y de los defensores que luchaban por impedirlo. El rey no parecía consciente de lo que ocurría. Su único interés era el cuerpo dolorido e inerte de la reina. Pausadamente le limpiaba el sudoroso rostro con un paño humedecido en agua tibia que las doncellas renovaban constantemente. Mientras con una mano se afanaba en limpiar el sudor de la soberana, con la otra intentaba arropar a una pequeña criatura tumbada junto al cuerpo inmóvil. La reina acababa de dar a luz. El parto había sido muy complicado y ahora se debatía entre la vida y la muerte.

-Majestad –insistió Auros- hay que huir. Salvaremos a la niña y a ti y yo mismo me quedaré a cuidar de la reina.

-No. Es mi hija quien debe salvarse… Yo moriré con la reina.

Mientras decía esto se incorporó pesadamente y cogió al bebé en brazos. Pasó junto a Auros y le hizo un gesto para que le siguiera. Este obedeció en silencio y se internó tras el rey por los largos pasillos del palacio, ahora débilmente iluminados por el brillo de las llamas que procediendo de la ciudad atravesaba los cristales de las ventanas. Auros miraba hacia fuera preocupado, preguntándose qué pretendía el rey. Se conocían desde niños, pues a los doce años entró al servicio del entonces príncipe como paje. Se hicieron grandes amigos y a pesar del abismo en el rango de ambos, la similitud en la edad les llevó a tratarse como hermanos. Y esa era la principal razón por la que el general ansiaba salvar la vida de quienes para él eran su familia más que sus soberanos. Pero el rey, quizá por la terrible concentración en el mismo día del asedio, del doloroso y difícil parto de la reina y del serio riesgo que corría la vida de esta, parecía hundido y sin ganas de luchar.

Mientras estaba en estas cavilaciones vio que entraban en el Gran Templo de la ciudad, conectado con el palacio a través del largo pasillo que acababan de atravesar. El rey se arrodilló pesadamente ante las inmensas estatuas de los dioses del reino. Sólo tenía treinta y siete años, pero aquel día parecía un anciano. Puso delicadamente a su hija en el suelo y alzó los ojos y las manos hacia las rígidas estatuas de más de tres metros de altura.

-¡Dioses ancestrales! ¡Señores de la luz y la verdad! ¡Traigo aquí a mi hija y sucesora, como antes de mí hicieron mis padres conmigo y mis antepasados con los antiguos reyes y reinas! En esta terrible noche en la que perderé la vida os la traigo para que la bendigáis, para que protejáis su vida y para que la convirtáis en una mujer fuerte y sabia que pueda recuperar este reino que hoy nos arrebatan por la fuerza. Ella es el futuro de vuestro pueblo y sé que la protegeréis y permitiréis de alguna manera que vuelva al trono que por derecho le corresponde.

Lentamente, como si le costara un triunfo, volvió a levantarse y se acercó a la estatua central que representaba un dios robusto con la cabeza de un sereno y poderoso león. En sus manos tenía un enorme cuenco llameante. El rey cogió un largo atizador que se encontraba a los pies del dios e introdujo su extremo en el cuenco haciendo crepitar las llamas. Lo retiró y volvió hacia donde se encontraba su hija con el largo atizador temblándole en las manos. Al ver como se acercaba a la niña Auros dio un respingo y saltó hacia él antes de que llegara.

-¡Señor!

El rey se detuvo y le hizo un gesto imperativo con la mano para ordenarle sin palabras que callara.

-Sujeta uno de sus brazos. –Balbuceó mientras luchaba por contener el llanto.

-Pero… -Dudó asustado Auros.- ¡Señor!

-¡Hazlo!... ¡No hay tiempo!

Auros obedeció y sujetó el brazo izquierdo de la niña que, ignorante de lo que ocurría, jugueteaba agitando brazos y piernas. Con gran rapidez el rey puso el extremo del atizador sobre su suave piel provocando un histérico chillido en la pequeña. El rey lanzó lejos el atizador y cogió rápidamente al bebé en brazos, apretándola contra su pecho mientras lloraba de forma desconsolada.

-Ahora siempre podrás saber que es ella… -Le dijo a Auros entre lágrimas.- Llevará por siempre el emblema de los dioses…

Sin esperar la respuesta de su asombrado general, salió del templo, esta vez con rapidez y resolución. Auros le siguió mientras le veía adentrándose de nuevo en el palacio mientras los gritos y los reflejos de las llamas del exterior aumentaban. Entraron en el inmenso salón del trono en el momento en el que las desesperadas lágrimas de la niña se iban apagando. El rey fue directo al solio real y colocó en él a su hija.

-Recuerda este trono que es tuyo, hija. –El rey le dio un beso a la niña y se apartó de ella para acercarse a Auros. Le puso ambas manos sobre los hombros y sin dejar de llorar continuó hablando.- Llévatela de aquí, amigo. No quiero saber dónde… Sólo quiero que la dejes donde nadie pueda saber quién es… Los dioses cuidarán de ella y la traerán de vuelta… -Apretó con fuerza los hombros de su amigo y tragó saliva antes de continuar.- Quiero que salves tu vida para poder volver y ayudarla un día a volver a este trono… Esos bárbaros me quieren a mí, pero tú puedes salvarte y esperar en la sombra a que ella vuelva…

-¡¿Cómo puedes pedirme eso?! ¡Yo no te abandonaré!

-No, no, no… Yo estoy perdido y es absurdo que tú mueras conmigo… Te encomiendo la misión de vivir para esperar a que ella vuelva…

-¿Y si no…?

El rey hizo un enérgico gesto con su mano para pedirle que no acabara esa frase.

-¡Volverá! –Aseguró con firmeza.- Los dioses la han bendecido, la protegerán, y tú, que la salvarás esta noche, la ayudarás a sentarse ahí de nuevo. –¡Llévatela!... Yo debo volver junto a mi esposa…

Arrastrando los pies el rey salió del salón del trono. Auros se quedó un instante inmóvil, viendo como su amigo y rey se alejaba para siempre. Cuando lo perdió de vista, cogió a la niña, dejando en el trono su precioso y pequeño manto para envolverla en el suyo de soldado.

Al amanecer el reino ya estaba en manos de aquel pueblo guerrero e indisciplinado. Las matanzas continuaron durante varios días, tras los cuales los cuerpos torturados del rey y de la reina aparecieron colgando de la torre más alta del palacio real.

III

Alba sujetaba a duras penas las gruesas sogas que la ataban al arado. Intentaba tirar de él con fuerza mientras su hermano pequeño empujaba con idéntica dificultad la reja. Alba era una muchacha de a penas veinte años, larguirucha y enclenque, producto del hambre y la miseria.

Era la tercera de diez hermanos que malvivían en la provincia del Este con un padre alcoholizado y una madre ausente que lloraba cada día por los recuerdos de tiempos mejores. Había vivido de joven en la capital con todo tipo de comodidades y lujos y, tras la cruel invasión de los nuevos amos del reino, malvivía intentando hacer producir aquella miserable tierra, e intentando sobrevivir a las incesantes guerras entre los diferentes jefes guerreros y a las continuas rapiñas de los soldados.

El reino había cambiado, decía sin cesar la madre. Antes eran libres, prósperos y podían disfrutar de los frutos de su trabajo. Ahora eran esclavos que trabajaban de sol a sol para amos codiciosos que a penas les dejaban cuatro mendrugos para malvivir. Por si fuera poco, aquellas gentes salvajes no sabían convivir siquiera entre ellos. Tras la invasión uno de ellos se proclamó rey e intentó enriquecerse con todo lo que generosamente proporcionaba aquella tierra. Pero unos meses más tarde, uno de sus generales lo asesinó, proclamándose, a su vez, rey. En dos años los habitantes del reino llegaron a perder la cuenta de los reyes proclamados y asesinados que pasaron por el trono. Se decía que el rojo terciopelo de la tapicería se había ensombrecido por la sangre corrompida.

Las cuatro provincias tradicionales del reino se dividieron en pequeños terruños regidos por un amo que se autodenominaba "señor" y que luchaba alternativamente con estos y con aquellos para hacerse con más pedazos de tierra o con el trono. Uno de los señores de la provincia del Este, sin ir más lejos, había llegado al trono y había salido de él envuelto en su capa y en su sangre. Ahora aquella tierra estaba en manos de su enloquecido y descerebrado hijo, al que la población temía y odiaba a partes iguales. Eran frecuentes sus cabalgadas con unos cuantos amigos para "divertirse" con las muchachas y muchachos del pueblo. Para protegerse, la población había establecido un sistema de vigilancia secreta de forma que, en cuanto los veían bajar del castillo, los jóvenes pudieran huir y esconderse.

Alba había logrado librarse de todos aquellos asaltos, pues era rápida e inteligente. Podía oír antes que nadie los gritos de aviso y podía correr más rápido que nadie para coger a sus hermanos y esconderse con ellos en un pequeño sótano oculto bajo el pajar. Pero aquella mañana los bárbaros madrugaron más de lo acostumbrado e irrumpieron en la aldea cuando la joven estaba atada a aquel infernal arado. Su madre había hecho un buen nudo y con la conjunción de los nervios y el miedo, fue incapaz de desatarlo.

-¡Ros! –Gritó a su hermano- ¡Corre!

El niño, asustado por la inminente llegada de la turba y las historias terribles que había escuchado desde siempre sobre ellos, huyó despavorido olvidando a su apurada hermana.

-¿Qué tenemos aquí?

Alba alzó sus asustados ojos. Los jinetes, completamente vestidos de negro, ya estaban allí y jugueteaban con sus caballos alrededor suyo.

-Es una vaca tirando de un arado. –Gritó uno de ellos entre carcajadas.

-Y apesta a cerdo. –Aseguró otro, también entre carcajadas.

-Una vaca que huele a cerdo le vendrá muy bien a mi remilgada prometida.

El que acababa de hablar era el señor de aquellas tierras, un joven de unos treinta años envejecido por los abusos alcohólicos, las continuas batallas y la vida disoluta.

-Eso es. –Gritó uno mientras su caballo saltaba sobre la aterrada Alba- Servirá para limpiarle el culo a la señorita del sur.

-Y con el olor que tiene esta vaca la tendrás vomitando todo el día en tu lecho… Podrás montarla cuanto quieras.

Las enloquecidas carcajadas hacían que estallara la cabeza de Alba, que no entendía nada de lo que ocurría. Tampoco se dio cuenta que uno de ellos cortaba con su espada la cuerda que la ataba al arado para tirar de ella, obligándola a levantarse.

-Arriba vaca, necesitamos más esclavos para la futura esposa de nuestro señor.

La llevaron casi arrastras y sin dejar de reír entre comentarios obscenos, hasta la aldea. Allí se encontraron como siempre a los adultos y a los pocos jóvenes que no supieron o no pudieron huir.

-Miserables esclavos de mis dominios. –Comenzó el señor. Evidentemente ya llevaba una considerable dosis de alcohol encima.- ¡Me caso! –Todos sus compañeros acompañaron esta declaración con una sonora carcajada.- Y mi esposa necesita esclavos para lo que sea que hagan las putas del sur. Voy a regalarle veinte y los quiero ahora. Vuestra futura ama llegará antes de la hora de comer.

Dicho esto, envió a sus huestes a registrar toda la aldea y a sacar a los jóvenes de las casas. El propio señor eligió diecinueve entre los que consideraba más feos y más sucios. El resto se los entregó a la soldadesca, que saltaron sobre ellos como animales en celo. Fue terrorífico para todos, especialmente para Alba que era la primera vez que veía aquellos actos brutales y sin sentido acompañados por los gritos de dolor de los esclavos y las carcajadas de los soldados.

-Vámonos. –Gritó el señor a sus huestes- Ya seguiréis con las putas en el castillo.

Todos obedecieron y ataron con cuerdas a los esclavos para llevárselos al trote y casi arrastras por el largo camino que ascendía, no siempre con suavidad, hacia la inmensa mole del castillo del señor, situado en lo alto de un risco que dominaba el valle que constituían sus dominios. Mientras ascendían intentándose mantenerse en pie, Alba observaba cómo el castillo se iba haciendo más y más grande a medida que llegaban. Le pareció un lugar siniestro, oscuro y lleno de peligros. Las traumáticas y duras imágenes que había vivido habían embotado su mente y sólo cuando ya estaban llegando empezó a ser consciente de lo que le estaba ocurriendo: la habían arrancado de su hogar para llevarla, atada por la cuerda con la que antes tiró del arado a aquel extraño lugar que no auguraba nada bueno.

Cuando traspasaron el foso y entraron en el inmenso patio de armas, todos empezaron a temblar al ver la gran actividad del lugar: animales sueltos por todos los lados, soldados con y sin armas, criados de todo tipo y condición y múltiples prostitutas que intentaban entablar conversación con todos los hombres que pasaban cerca de ellas. Todo ello aderezado con un olor nauseabundo de incierta procedencia y una desafinada orquesta de voces y gritos.

Los soldados los llevaron al interior del castillo, en concreto, a las cocinas que se encontraban en los sótanos. Allí también había mucha actividad provocada por múltiples cocineros afanados en preparar las viandas de la comida.

-Son los esclavos de la nueva señora. –Dijo uno de los soldados tras empujarlos uno a uno a la cocina.- Tirarles un poco de agua para que se adecenten.

Los soldados se fueron y los esclavos se derrumbaron literalmente sobre el suelo de la cocina.

-¡Arriba, vagos! –Gritó uno de los cocineros mientras les atizaba con una vara.- La nueva señora está al llegar y os tenemos que presentar sin boñigas en el cuerpo.

-Los bárbaros del sur no son tan marranos como los de aquí. –Rió una de las cocineras mientras veía como se los llevaban hacia una sala adyacente en la que dominaba la presencia de un enorme pilón.

Les fueron metiendo uno a uno en el pilón, sin desnudar, para que pasaran por el agua y se les fuera algo de mugre. Mientras les echaban encima el agua comentaban la “indecencia” de los bárbaros que se quedaron a vivir en el sur, pues para ellos era un ultraje que hubieran adoptado alguna de las costumbres de los legítimos moradores del reino, en particular las relativas a la higiene y la vestimenta, más cuidada y luminosa que la del resto de sus compatriotas. Para los cocineros, originarios del reino, esta actitud era despreciable, pues pretendían ser algo que jamás podían lograr: ciudadanos de aquel perdido y bello país. Y es que, tras la invasión los supervivientes, convertidos en esclavos, desarrollaron un odio sordo hacia sus amos y un evidente desprecio a los que consideraban culturalmente inferiores.

-¡Cuanta mierda traéis! –Bramaban los cocineros.

-No hay tiempo para ponerlos presentables. La bárbara tendrá que acostumbrarse a su olor.

-Seguro que es el mismo que tiene ella.

Entre risas malévolas los cocineros sacaron a los esclavos, empapados, de aquella sala y se los llevaron cerca de los fuegos para que se sentaran y se secaran por su cuenta. Allí se quedaron muy quietos y aterrorizados, escuchando los comentarios de los cocineros.

-El padre de la bárbara Eilín quiere el trono…

-¿Y se cree que nuestro "señor" le va ayudar sólo por montar a su hija? –El comentario fue seguido de múltiples carcajadas.

-Cuando se de cuenta que nuestro "amable" señor quiere también el trono ya será demasiado tarde.

-Acabarán por matarse el uno al otro. Estos bárbaros no tienen alma…

La conversación acabó de forma brusca al entrar tres soldados en la cocina armados con látigos.

-¡Vamos, bestias! –Comenzaron a fustigar a los asustados esclavos para levantarlos y sacarlos de allí.- Vuestra señora quiere veros.

A latigazos los levantaron y los hicieron entrar en un largo y tétrico pasillo, débilmente iluminado con unas pocas antorchas. El pasillo acaba en un enorme y altísimo salón cuya única decoración era una señorial chimenea y una gran mesa rodeada con diez sillas. En cada lado del rectángulo del salón dos soldados armados con lanza y escudo montaban guardia. En la cabecera de la enorme mesa, tres soldados sin armas y de pie, resguardaban al señor que se encontraba sentado en el extremo de la mesa. A ambos lados, también sentados, un hombre y una mujer. Él estaba dando la espalda a la puerta por la que entraron los esclavos y ella en frente. Estos dos personajes sorprendieron enormemente a los esclavos a pesar de sentirse aún paralizados por el miedo. Vestían ropajes muy vistosos, llenos de lujo y adornos dorados, nada que ver con los trajes oscuros, raídos y feos de los bárbaros que los dominaban. El hombre, muy robusto y de pelo cano vestía una lujosa túnica verde y la joven un vestido rojo con una capa de armiño, que resaltaba de forma sensual sus suaves y turgentes formas. Era una muchacha de veintitantos años, con un rostro sumamente bello y delicado. Su cabello tenía un ligero tono rojizo. Era abundante y se lo recogía en una larga trenza decorada con una cinta dorada que se entremezclaba con las ondulaciones de la trenza. Su bello rostro estaba contraído en una mueca de disgusto y mantenía los ojos perdidos en la nada, como si no fuera consciente de donde estaba ni de las personas que le rodeaban.

Los esclavos quedaron prendados de la belleza de la joven. Alba pegó literalmente los ojos en su imagen. Nunca había visto una mujer tan hermosa, ni entre los bárbaros ni entre los suyos. Se embelesó tanto por ella que olvidó todo lo que le estaba sucediendo y todo lo que le rodeaba. No era consciente de la conversación de los dos hombres sentados, ni de los empujones de los soldados para ir llevando al frente a un esclavo tras otro para que los amos pudieran verlos mejor. Sólo "despertó" cuando al fin vio moverse los preciosos y carnosos labios de la joven dando lugar al suave y ligeramente agudo sonido de su voz.

-¿Todos los esclavos de esta tierra huelen a cerdo?

Todos fueron conscientes del tono despectivo de aquella frase. El señor la miró con un mohín de desprecio, pero intentó dulcificar su respuesta.

-Te he buscado los más limpios, querida mía. –Respondió al fin con sorna.

-Entonces tendré que decir que tu gusto es dudoso, querido mío. –La joven Eilín acentuó su sarcasmo, provocando la completa contracción del rostro del señor.

-¡Ya basta a los dos! –Intervino el hombre canoso.- Mi hija te agradece el regalo. –Le aseguró al señor- Pero, como ves, es caprichosa y tonta. Ya tendrás tiempo de domarla.

El amo acogió aquellas últimas palabras con una sonrisa malévola y una mirada taimada a la joven. Esta a su vez dirigió a su padre una mirada amarga y dolida. Alba fue consciente de eso y sintió un irrefrenable impulso de correr a consolarla. Por fortuna, el señor ordenó que se llevaran a los esclavos y los soldados los sacaron de allí de nuevo a latigazos. Esta vez no fueron a la cocina, sino a una modesta habitación bajo la torre. Era, como el resto de estancias del castillo, sobria, sin a penas adornos, y con una gran chimenea. Lo máximo que tenía era una pequeña ventana con dos salientes a sus lados en forma de asientos de piedra y una gran cama con dosel. A los pies de esta se apilaban de forma irregular montones de bultos que dos mujeres de unos cincuenta años se afanaban en deshacer. De ellos salían vestidos, alhajas, capas y tocados de múltiples formas y colores.

-¡Por todos los dioses! –Exclamó espantada una de las mujeres en cuanto vio entrar a los esclavos.- ¿Qué son estos demonios que traéis?

-Son los esclavos de tu ama. –Respondió uno de los soldados.

-Más bien son el nuevo ganado de mi señora. ¡Huelen que apestan!

-¿No os gustan los aromas de nuestra tierra? –Uno de los soldados escupió a los pies de la mujer.- Ya os iréis acostumbrando.

-¡Bruto bravucón! –La airada protesta de la esclava fue recogida con grandes carcajadas, pero ella no se amilanó.- ¡Saca a estos monstruos de aquí y llévalos al río para sacarles la mugre!

El soldado contrajo el gesto y volvió a escupir a los pies de la mujer.

-Ya os enseñará mi señor a comportaros, señoritas del sur. –Y volviéndose al resto de soldados gritó:- ¡Nos vamos! Nosotros ya hemos cumplido con nuestro trabajo… ¡Llévatelos tú al río si quieres!

Se fueron riendo, sin atender a las palabras enfurecidas de la mujer, que no paraba de maldecirlos. Cuando se cansó, miró ceñuda a la turba sucia de esclavos mientras calibraba qué demonios hacer con ellos. En esas estaba cuando Eilín entró, rígida como un palo en la habitación. Alegando sentirse mal se había levantado de la silla y se había retirado a la que, a partir de ese momento sería su alcoba. Pasó cerca de los esclavos sin mirarlos.

-¿Qué es este hedor Mairá?

La esclava que se había encarado con los soldados mudó repentinamente su aspecto fuerte y combativo por el de una mujer débil y sumisa. Se puso frente a Eilín y le hizo una reverencia mientras la miraba con un gesto despectivo que la joven, con la cabeza sumamente erguida, no vio.

-Son los esclavos que te regala tu futuro esposo, señora.

-¿Y por qué están aquí?

-Señora… -La esclava dudó mientras su mente le suplicaba gritarle a aquella niña tonta: "para qué va a ser, estúpida", pero finalmente respondió de forma correcta- para servirte.

-¿Me sirve oler a cerdo todo el día? –Eilín había elevado notablemente la voz para reforzar su hiriente sarcasmo.

Mairá torció el gesto y empezó a empujar a los esclavos fuera de la habitación mientras murmuraba algo entre dientes. Mientras salían por la puerta Alba miró fugazmente a la rígida Eilín que permanecía con la vista fija en algún punto más allá de la ventana.

La esclava se llevó a los recién llegados al río, donde les obligó a lavarse rápidamente. No quedaron muy lustrosos, pero, tal como dijo, también entre dientes, a la señora le tenían que servir así. Se los llevó de vuelta al castillo y les repartió las tareas: los hombres se encargarían de los caballos de la señora y las mujeres del aseo personal de la joven.

La boda se celebró, siguiendo el rito de los bárbaros, al amanecer. Los novios, precedidos por el padre de Eilín tenían que presentarse ante sus dioses guerreros, dioses que habían sido impuestos a los habitantes del reino tras la invasión. Eran seres violentos, ceñudos y muy celosos de su poder. Exigían constantes sacrificios a sus súbditos para aplacar su continua sed de venganza. Esta curiosa religión resultaba sumamente extraña a los habitantes del reino, acostumbrados a ritos más amables y a dioses pacíficos, vinculados a la agricultura y a la prosperidad, por ello, a pesar de la prohibición, los seguían adorando en secreto.

El rito de la boda consistía en un megasacrificio ante el altar del templo del castillo. Cada uno de los esclavos del señor llevaba consigo un toro que era degollado por el padre de la novia y el novio. Todo acababa cubierto de sangre, incluso los dos matarifes, algo que tenían a gala, pues procuraban empaparse mientras entonaban extraños cánticos que los esclavos no lograban entender. Sacrificado el último toro, hicieron subir a Eilín, que permanecía a la espera, sentada bajo la escalinata que daba acceso al altar y tan ausente y hierática como siempre. Una vez arriba, el novio le vertió un cuenco con sangre por la cabeza mientras el padre, colocado entre ellos y frente al público, dirigía sus extasiados ojos al cielo. Esto daba a entender que se la entregaba al señor y ella ya era propiedad del marido.

Los esclavos contemplaban horrorizados aquella boda convertida en un matadero. Alba sintió nauseas cuando vio a Eilín cubierta de sangre. Le pareció un sacrilegio cubrir de aquella manera ese bellísimo rostro, tan rígido, tan hierático, tan serio y tan impropio de una “feliz” novia en el día de su boda.

Acabado el rito de la boda, los novios y los invitados se dirigieron al gran salón del castillo donde se celebró un pantagruélico banquete que duró el resto del día. Los novios y el padre de Eilín lo presidían, sentados en una gran mesa frente a otras dos mucho mayores y laterales donde se sentaban unos doscientos invitados llegados de todos los lugares del reino. El padre de Eilín era uno de los más ricos e influyentes de los bárbaros. Desde el principio había aspirado al trono, pero adoptó la postura más prudente de esperar a que sus compatriotas se degollaran entre ellos mientras existieran facciones con la suficiente fuerza como para aspirar a subir a sus jefes al trono. Pero ahora ya quedaban menos jefes importantes y precisamente el señor, con el que estaba estableciendo un pacto matrimonial, era uno de ellos. Su acuerdo era ayudar al padre de Eilín a subir al trono, adoptando luego al señor como heredero en detrimento de los dos hermanos de la joven.

El señor del castillo había aceptado porque no se sentía demasiado fuerte para asaltar él solo el trono y, en el fondo, se sentía inferior a sus compatriotas del sur, tan refinados y elegantes. Su suegro le ayudaría a contactar con ellos, a “entrar en sociedad” para conseguir los apoyos que, pensaba, tarde o temprano le convertirían en rey.

Por supuesto su "amado" suegro ignoraba aquellos planes. De momento, a la espera de poder desarrollarlos, se convertiría en un yerno digno, soportando incluso aquel indeseado matrimonio con una niña caprichosa y tonta que sabía que le despreciaba y a la que él odiaba profundamente. Además, le parecía demasiado delgada, demasiado estirada, demasiado seria, demasiado fría, demasiado limpia... Nada que ver con las prostitutas que frecuentaba.

-Habrá que hacer algo para meterla en vereda. –Se decía entre trago y trago, mientras miraba de reojo a su gélida e impasible esposa comiendo como un pajarillo y evitando el vino.

Fue precisamente ese vino el que, a medianoche, aligeró la lengua de los invitados, que comenzaron a gritar comentarios soeces y obscenos para "animar" a los esposos a consumar su matrimonio. El señor y su suegro, notablemente bebidos, aplaudían encantados, pero Eilín estaba cada vez más pálida. Agobiada se levantó y se fue a su habitación. Su marcha enardeció más a los invitados.

-¡¡Gózala!!, ¡¡gózala!! –Gritaban enloquecidos mientras golpeaban con fuerza sus vasos en la mesa produciendo un ruido tan ensordecedor que retumbó en todos los rincones del castillo.

El señor se levantó de la silla riendo a carcajadas y sumamente excitado ante los gritos y los aplausos de los presentes. Saltó enardecido sobre la mesa y gritó como un loco ante la algarabía general. Volvió a saltar al suelo y salió corriendo y dando tumbos del gran salón del banquete. Fue directo a los aposentos de Eilín, que le esperaba inquieta y asustada. No le dio tiempo a reaccionar, saltó sobre ella como un animal, riendo y babeando. Ella intentó quitárselo de encima pero él era mucho más fuerte y la sujetó mientras le arrancaba su precioso vestido de novia que la joven aún no había podido quitarse.

Los gritos de Eilín llegaron hasta el pequeño cuartucho donde dormían hacinados todos los esclavos. Ninguno dijo nada. Todos intentaron coger el sueño y acurrucarse para pasar la noche con el menor frío posible. Alba, sin embargo, nada más oír el primer grito, saltó de su catre con la intención de ir hacia la estancia de su ama.

-¡Qué haces! –Le preguntó uno de los esclavos, cogiéndola del brazo.

-El ama nos necesita.

-El ama está con su esposo. No es asunto nuestro.

-¡Sí que lo es! –Protestó Alba enfadada.- ¡Está gritando!

-Si sales de aquí tú también gritarás, te lo aseguro. –Le dijo otra esclava.

Alba no escuchaba. Forcejeó con ellos y logró soltarse. Corrió hacia los aposentos de su señora y al llegar a la puerta vio salir al señor dando tumbos, completamente bebido. Asustada, se pegó literalmente a la pared para evitar que la viera. El estado del señor, sin embargo, no le permitía tener gran agudeza visual, por lo que pasó de largo riendo y hablando con él mismo. En cuanto se fue, Alba entró como una tromba en la habitación. Estaba muy poco iluminada, con a penas tres candelabros, pero aún así pudo distinguir a Eilín hecha un hobillo sobre la cama, con la ropa hecha jirones, intentando taparse y llorando desesperada. Al acercarse a ella pudo ver sus largos cabellos completamente sueltos y desperdigados por el cuerpo de la joven. A pesar de la poca luz, pudo distinguir sangre sobre el cuerpo de Eilín. Asustada y conmovida, Alba intentó abrazarla para darle calor y apoyo, pero su gesto fue recibido con una reacción sorprendentemente rápida y violenta. La joven ultrajada se revolvió sobre sí misma como una bestia herida. Al principio creyó que su esposo había vuelto y estaba dispuesta a venderse cara, pero de pronto se encontró con unos ojos vivos que iluminaban un rostro lleno de marcas de barro. Coronaba la escena una cabellera oscura y desgreñada, completamente llena de tierra, hojas y ramas. Eilín comprendió entonces que estaba frente a una esclava que había osado tocar a su señora. Recordó que su padre siempre le decía que aquellos esclavos eran peligrosos y traidores, que no se les podía dar la espalda, pues estaban a la espera de cualquier oportunidad para acabar con ellos. La frustración y el dolor por la humillación sufrida hizo el resto.

-¡¿Cómo te atreves a tocarme, bestia?! ¡¡Mairá!! ¡¡Esclavas!!

Asombrada y asustada Alba se apartó mientras Eilín se levantaba medio desnuda para acercarse a la chimenea, donde guardaba una larga vara de madera. Los bárbaros usaban esas varas, finas y flexibles para golpear a los esclavos. Mientras se hacía con ella las esclavas llegaron.

-¡¡¡¿De dónde ha salido esta puerca?!!!

No les dio tiempo a contestar. Fue, rechinando los dientes, hacia Alba, que la miraba sin entender, y comenzó a golpearla sin tregua. Alba se encogió sobre sí misma, intentando protegerse, para evitar recibir los golpes en la cara.

-¡¡Puerca!! –Gritaba Eilín mientras la pegaba sin descanso- ¡¡Sucia!! ¡¡Fea!!

Eilín estaba fuera de sí y no se detuvo hasta que la vara se partió. Entonces fue consciente de su agotamiento. A trompicones volvió a su cama y se acurrucó en ella.

-¡¡Llevaros a ese monstruo y matadla!!

Las esclavas ayudaron a Alba a levantarse y la sacaron corriendo de allí. La joven estaba ensangrentada, llena de moratones y lloraba de forma desconsolada. El cuerpo le dolía terriblemente, pero el corazón se le había roto por completo. Entre varios esclavos la tumbaron en su catre y comenzaron a limpiarle las heridas con agua y vinagre.

-Espero que hayas aprendido la lección. –Le decían- Los bárbaros no tienen alma.

-Que se ocupen de sus asuntos... -Gruñó uno de sus compañeros.

-Reza para que la señora se olvide de ti mientras te recuperas... No vamos a cumplir con su orden de matarte, pero como se acuerde de esta noche y sepa que estás viva, nos matarán a todos. Así que procura mantenerte bien lejos de ella.

Alba les escuchaba y lloraba. No entendía aquella violencia. Ella sólo había pretendido abrazar a Eilín, consolarla, ayudarla... Pero aquella fría y dura mujer se había revuelto contra ella de una forma que le resultaba incomprensible. Se acurrucó en su catre cuando acabaron de limpiarla y esperó a que sus heridas físicas se curaran. Las emocionales tardaron mucho más en hacerlo.

Las heridas de Alba se infectaron, tuvo fiebre y tardó un par de semanas en recuperarse. Los otros esclavos se turnaban para cuidarla. Al parecer los señores no se acordaban de ella. Él porque tenía sus propios esclavos e ignoraba a los que había capturado para su esposa y ella porque tenía otras preocupaciones relacionadas con su nueva condición de mujer casada.

Mientras recuperaba las fuerzas, Alba oyó durante varias noches a Eilín gritar y llorar, pero ni tenía fuerzas para levantarse, ni pensaba hacerlo. Se tapaba, eso sí, con sus sábanas para evitar escuchar tanto horror. Luego, cuando los gritos cesaban, recordaba una y otra vez el rostro furioso, las hirientes palabras y los golpes de Eilín. La había llamado "rata", "sucia" y "fea", y eso le había dolido enormemente, pues ella jamás se había visto así. Pero que aquella mujer, a la que consideraba casi un ser celestial, la hubiera llamado "fea" le reconcomía, por eso, en cuando pudo tenerse en pie empezó a mirarse en todas las superficies transparentes que tenía a su alcance para contemplar su rostro. Y sí, en comparación con Eilín, se vio terriblemente fea y terriblemente sucia.

-Soy un monstruo. –Se atrevió a confesar un día a otra esclava.

-Aún no te has lavado y adecentado, eso es todo.

-No. –Insistió Alba.- Soy feísima.

La otra esclava, una joven de unos veinte años, capturada en su aldea al igual que ella, la cogió de la mano y se la llevó fuera del castillo.

-¿Qué haces? –Alba se asustó.- No podemos salir del castillo.

-Si podemos. Siempre y cuando no tardemos mucho en volver.

-¿Y dónde me llevas?

-Al río. Te lavarás a conciencia y luego te cortaré el pelo, pues tal como lo tienes no creo que te lo pueda desenredar.

A pesar de ser originaria del reino, Alba no estaba muy familiarizada con la higiene. Al ser en su familia una de las hermanas mayores y tener unos padres casi inexistentes, tenía que dedicar todo su tiempo al trabajo y al cuidado de los pequeños de manera que los escasos momentos libres sólo podía dedicarlos al descanso y a algún que otro baño en el río, vestida, eso sí, en verano con los demás jóvenes de la aldea. Por ello entrar desnuda en el río y frotarse todo el cuerpo para quitarse la mugre de años le resultó bastante incómodo. No obstante, cuando por fin salió y su compañera le puso delante una placa de bronce en la que se reflejó su nueva cara, mucho más fresca y suave, se sonrió de oreja a oreja, pues descubrió de pronto que era hermosa. Sólo las salvajes greñas que un largo y enredadísimo cabello enemigo del peine deslucían aquel bonito rostro. La otra esclava intentó desenredárselo con suma paciencia, pero los gritos de Alba le hicieron desistir y optó por la solución más rápida: las tijeras. Muy a pesar de Alba, se lo cortó por completo.

-No hay más remedio, insistía la otra. Además, ya crecerá...

-Pero Eilín me odiará aún más si me ve así... -Lloriqueó Alba.

-¡¿Qué tontería te ha dado con esa mujer?! Ella te odia porque eres una esclava y punto. Te da igual estar monda que tener una larga y sedosa cabellera.

Alba siguió llorando pero no dijo nada más. Por el momento se resignó a quedarse sin pelo, pero a partir de ese día decidió dedicarse más tiempo a sí misma para que nunca nadie, en especial, Eilín, la llamara "fea". Pero lo cierto es que durante mucho tiempo, demasiado para su gusto, se vio muy fea con su cabeza pelada. Mientras su melena volvía a crecer, se consoló bañándose a escondidas como el resto de esclavos, cuidando su rostro e intentando que la simple y fea túnica de los esclavos se mantuviese impoluta.

No había vuelto a ver a Eilín desde aquella fatídica noche. Los otros esclavos la mantenían más o menos oculta en el cuartucho que compartían, pues temían que si la señora la veía no sólo repetiría su orden de ejecutarla, sino que la haría extensible a todos ellos por haberla protegido. Alba sólo sabía de ella a través de los comentarios de los siervos, que incidían en el aspecto apagado, el carácter avinagrado y rancio de la rígida joven.

Sólo hubo una novedad seis meses después de la boda: Eilín estaba embarazada. El señor, al saberlo, organizó pantagruélicos banquetes durante varios días para festejar el futuro nacimiento de su heredero. Por supuesto, la futura madre no estaba invitada, pues la celebración consistía en perder el control en manos del alcohol y las prostitutas. Los banquetes comenzaron el día en que las nauseas y mareos de la joven confirmaron su estado, y continuaron durante semanas a pesar de que, nueve días después Eilín enfermó severamente. Mientras su "amante" esposo vivía de juerga en juerga, los esclavos y los médicos intentaron parar lo que pronto se vio que era inevitable. La joven acabó abortando entre terribles dolores y un trasiego interminable de esclavos y médicos. En aquella ocasión incluso Alba tuvo que arrimar el hombro, pues era evidente que la señora no estaba para reconocerla. Fue la primera vez que pudo acercarse a ella sin ningún tipo de restricciones mientras limpiaba una y otra vez el sudor de su febril frente.

Tras aquella terrible noche Alba hizo cuanto pudo para estar con ella el mayor tiempo posible. Los otros esclavos accedieron mientras la señora se mantuviera semiinconsciente. En cuanto empezó a mejorar, le impidieron seguir cuidándola, pues aún temían que la reconociera y montara en cólera, así que Alba tuvo que resignarse a volver a su triste cubículo.

El señor sólo descubrió la tragedia tras días y días de banquetes y de recuperación de los excesos. Al enterarse montó en cólera y fue hacia la habitación de Eilín como una fuerza de la naturaleza para "vengar" la muerte de su vástago.

-¡Puta del sur! –Le gritó mientras la sujetaba con violencia.- ¡Ni siquiera un hijo has sido capaz de parir! ¡Puta flacucha!

Eilín aún no estaba totalmente recuperada e intentó librarse de aquel animal que tomaba posesión de ella sin contemplaciones. Era inútil y al final, llena de rabia, se dejó caer sobre su cama y permitió que él se desfogara. Se repetía, para mitigar el dolor, que en cuanto acabara se iría y le dejaría en paz.

VI

Tras el aborto, Eilín se volvió mucho más reservada, rígida y fúnebre. Incluso dejó de resistirse a las acometidas de su esposo cosa que, curiosamente a él le molestó, pues la prefería brava y gritona. Esto, para alivio de la joven, hizo que se espaciaran sus "visitas", permitiendo así que la maltrecha salud de la joven se repusiera.

Los médicos le prescribieron luz y aire fresco aprovechando que llegaba la primavera. De esta manera, la obligaron a salir todas las mañanas del castillo para pasear por el río. La joven no opino nada al respecto. Dejó que entre los médicos y Mairá organizaran sus salidas matutinas acompañada por todo su séquito de esclavos. Hierática y taciturna, se limitaba a caminar junto a los médicos y Mairá justo hasta llegar al río. Allí se suponía que, acompañada por el sonido del agua y el frescor de la vegetación, continuaría su paseo al menos por una hora, pero la joven se limitaba a sentarse sobre una silla que llevaban en andas cuatro esclavos para esperar el momento en que los médicos decidieran que había que volver. Entonces se levantaba para realizar el camino de vuelta encerrándose a continuación el resto del día en su pequeña habitación.

-Esta muchacha no nos obedece. –Le susurraba a Mairá uno de los médicos, irritado por la cabezonería de Eilín.

-Es su salud... -Respondía la aludida.- Si no la quiere cuidar no es cosa nuestra.

A pesar del desinterés de Mairá los médicos seguían insistiendo en la necesidad de caminar. Eilín escuchaba sin hacerles caso. Sentada en su silla mantenía la mirada perdida en el vacío o se fijaba sin demasiado interés en los esclavos que, liberados de sus obligaciones por un tiempo, se dedicaban a reír o a jugar entre ellos. Sólo permanecían a su lado Mairá y la otra esclava de mayor edad que, al haber llegado desde la capital con su señora, no tenían tantos deseos de mezclarse con los jóvenes esclavos.

Aunque con su tozudo silencio no lo demostraba, a Eilín le irritaban tantas risas y familiaridades. Le molestaba la desinhibición de aquellos jóvenes esclavos. No entendía tanta alegría en quienes por no tener, no tenían ni derecho a su vida. ¿Cómo podrían mostrarse tan felices? ¿Y de qué se reían tanto? Mientras les miraba con un aspecto ido que ocultaba su enfado, recordaba las palabras de su padre cuando le insistía que los esclavos eran débiles e incapaces y que por eso les habían conquistado con tanta facilidad.

Pensar en su padre siempre le devolvía a un momento clave de su infancia. Su padre siempre había sido uno de los más ricos entre los suyos y por eso vivían en la opulencia en una enorme casa de la capital con múltiples esclavos. De echo, cada uno de los seis hermanos tuvo su criadora particular. La de Eilín tenía dos hijas, muy cercanas en edad a ella, con las que se crió y vivió infinidad de aventuras infantiles. Acabaron siendo más familia suya que la biológica y cuando su padre fue consciente de ello, actuó con rapidez y contundencia: vendió por separado a la esclava y a sus hijas en presencia de Eilín, que entonces sólo tenía ocho años. Dejó sólo a los hijos varones de la esclava, llenos de dolor y de resentimiento hacia sus amos.

-¿Crees estúpida que esos esclavos harán algo por ti? –Le gritaba su padre en respuesta a sus desesperadas lágrimas.- Nosotros los conquistamos porque eran vagos y débiles. No saben luchar, pero sí traicionar y matar... En cuanto les des la espalda te degollarán sin contemplaciones, para robarte todo cuanto posees.

Eilín protestó y lloró durante días sin encontrar un ápice de comprensión o piedad, ni por parte de su familia, que se reía de su dolor, ni por parte de los hermanos e hijos de las esclavas vendidas, pues evitaban desde entonces acercarse a sus amos. Finalmente las palabras de su padre cuajaron en su mente y endureció su corazón, convirtiéndose en la joven fría y rígida que era entonces.

Despejó aquellos duros recuerdos cerrando con fuerza los ojos. Al abrirlos se topó con una escena curiosa, que llamó poderosamente su atención. Entre la algarabía de esclavos destacaban don jóvenes sentadas en la hierba frente a frente. Una de ellas le daba la espalda. La otra reía y sonreía con una sonrisa amplia y luminosa. Tenía un rostro delicado y hermoso que decoraba con una abundante cabellera negra y ondulada que le llegaba a los hombros. Lo que le resultó curioso a Eilín fue que la esclava que le daba la espalda se tocaba insistentemente el hombro derecho y la otra ponía dos dedos en el punto exacto que le señalaba. Tras varios toques, la esclava que tenía enfrente se puso de pie y se sentó tras su compañera. Puso ambas manos en el hombro derecho de esta y comenzó a moverlas sobre él de forma extraña.

-¿Qué está haciendo esa esclava? –Le preguntó Eilín a Mairá.

La aludida dejó su conversación y miró en la dirección que su señora señalaba, pero no supo a qué se refería exactamente.

-¿Qué esclava, señora?

-Esa que parece amasar el hombro de la otra.

Mairá tragó saliva, pues reconoció al instante a Alba aunque estuviera de espaldas. Su abundante pelo negro, su silueta estilizada y atlética eran inconfundibles. Dudó si contestar o no, pues temía que Eilín la reconociera también, que recordara que ordenó su muerte y que descubriera que esa orden jamás se ejecutó. Pero su señora no parecía darse cuenta. Seguía con su rigidez habitual mirando a las dos esclavas.

-Creo que le está dando un masaje en el hombro. –Dijo al fin con voz temborosa.

-¿Qué es eso? –Eilín, extrañada, rompió su rigidez y miró con asombro a Mairá.

-Cuando sientes dolor en una parte de tu cuerpo, puedes aliviarlo con las manos. Eso es un masaje, señora.

Eilín la seguía mirando, esta vez incrédula. Su curiosidad, no obstante aumentaba y de pronto se le ocurrió probar en sí misma.

-¿De modo que si me duele algo esa esclava me curará?

Mairá se puso roja. Estaba aterrorizada y maldijo en silencio haberse compadecido de Alba en su momento.

-Si hubiera acatado sus órdenes, -pensó- ahora estaría muerta y no tendríamos problemas.

-¿No contestas? –Insistió airada Eilín.

-Señora, esa esclava no puede curar nada. Sólo es un pequeño alivio.

-Dile que venga.

Mairá palideció. Miró asustada a otra esclava que estaba con ellas, tan blanca como ella e incapaz de mover un solo músculo.

-¡Mairá! –Apremió enfadada y asombrada Eilín- ¡¿Qué pasa?! ¡¿No me oyes?!

De un salto Mairá obedeció y salió disparada hacia Alba.

-Alba –le dijo en cuanto llegó a su lado- la señora quiere verte... Creo que no te ha reconocido, pero se prudente y si dice algo de aquella noche, niega que seas tú… Estás muy cambiada… Recuerda que ahora todos dependemos de ti.

Alba se ruborizó. Eilín, su adorada Eilín la llamaba por primera vez a su lado. Se levantó rápidamente sacudiéndose los restos de hierba que tenía en la túnica. Siguió a Mairá hasta la silla, que a modo de trono, sostenía la fragilidad y ausencia de la señora. Cuando estuvo ante ella, Eilin la miró de arriba abajo con aire inquisitivo. Le resultó vagamente familiar y rebuscó en su memoria para ver con quien podía asociar a aquella joven tan guapa, delgada, alta y de suaves y bonitas formas. Mairá, entre tanto, rezaba en silencio a todos los dioses antiguos para que no la reconociera. Los dioses debieron escucharla porque la señora al final se dio por vencida. No la reconocía, pero aún así sintió un rápido rechazo hacia aquella esclava que, aunque se presentaba ante ella ruborizada y con la cabeza gacha, no le hacía ni la más mínima reverencia. Pensó en llamar a uno de los esclavos para que le golpearan las piernas y obligarla así a arrodillarse, pero sentía tanta curiosidad por lo que aquella esclava podía “curar” que desechó tal idea.

-Quiero que hagas tu magia conmigo.

Alba la miró fijamente sin entender, aumentando la ira soterrada de Eilín que estaba a punto de estallar. Era una esclava impertinente, pensó y si no hubiera mediado Mairá, la habría abofeteado ella misma.

-La señora quiere probar tus masajes.

Alba sonrió encantada y corrió a situarse tras Eilín. Esta, ante la rápida reacción de la esclava, frunció más el ceño y se revolvió inquieta y molesta en su asiento.

-Tranquila, señora, -volvió a intervenir Mairá. La conocía bastante bien, tras llevar ocho años sirviéndola en su casa del sur y conocía su carácter airado y caprichoso. Sabía que, a pesar de tanta pasividad, podría estallar en cualquier momento. Y eso era peligroso: podía reconocer a Alba- es necesario hacerlo así.

Eilín la miró sumamente irritada, pero no dijo nada. A fin de cuentas había sido ella misma quien lo había pedido. Alba, entretanto, ya había colocado sus manos sobre los hombros desnudos de la joven, que volvió a revolverse, molesta por tener las manos de una esclava sobre su piel. Maldijo su curiosidad y pensó en parar aquella "profanación" de su persona, pero el rápido alivio que le proporcionaron aquellas manos la pegaron de nuevo a la silla, rígida como siempre, pero perpleja y con mayor curiosidad ante aquella "extraña magia".

La llegada de los médicos para pedirle a Eilín que volviera al castillo interrumpió la sesión. La señora movió con energía su mano para que Alba parara. Esta obedeció y volvió emocionada junto al resto de esclavos. La comitiva emprendió el camino de regreso, precedidos todos por Eilín, que lentamente y en silencio arrastraba los pies hacia el castillo. Su deseo era volver en la silla, pero los médicos se lo impedían pues necesitaba caminar y ese era el único tramo en que consentía hacerlo. Alba iba unos pasos tras ella, mirándola fijamente mientras se frotaba con suavidad las manos para intentar conservar el tacto suave de la piel de aquella mujer tan bella. No paraba de agradecer en silencio a los antiguos dioses su buena fortuna al haber podido tocar por fin a aquella deseada mujer, mientras fantaseaba con mil posibles historias en las que aquella distante joven se acercaba a ella, la besaba y la abrazaba…

-¿Porqué esa forma de mover las manos ha logrado aliviar mis hombros? –Le preguntó Eilín a Mairá una vez llegaron al castillo y el grueso de los esclavos regresó a su cubículo.

-No lo sé, señora… En el reino siempre lo hemos hecho así y nos ha ayudado.

Eilín notó el tono de orgullo de su esclava. Sabía que todos hablaban así cuando recordaban su añorado reino y, como al resto de los conquistadores, esto le molestaba muchísimo.

-¡Olvida ese reino de débiles e incapaces! –Le gritó furiosa.- ¡Ahora tenéis nuevos amos, poderosos y capaces!... Y por más que recéis a vuestros malditos dioses, jamás recuperaréis esa vida de vagos que llevabais… -Añadió en un malévolo susurro acercando sus generosos labios a sus oídos.

-Sí, señora. –Mascullô Mairá mientras se alejaba de ella simulando ocuparse en el orden de la habitación. Odiaba a aquella niñata malcriada y prepotente, al igual que odiaba a todos los de su pueblo. Como decían los antiguos habitantes del reino, aquellos conquistadores eran bárbaros, zafios y primitivos, incapaces de valorar la belleza y la alegría de la vida. Cierto que los del sur, movidos por la envidia, decían los esclavos, intentaban imitarles, pero estaban a años luz de la perfección vital que habían alcanzado en los dos siglos anteriores a la invasión. Les habían sometido, les habían humillado, pero todos seguían rezando a sus antiguos dioses para que volvieran los viejos y anhelados tiempos, sin aquellos bárbaros salvajes e incultos.

VII

El verano se acercaba con novedades. Durante días se sucedieron los mensajeros que iban de la capital al castillo y al revés, anunciando los primeros las nuevas alianzas que el padre de Eilín había logrado en su camino al trono y los segundos enviando el dinero del señor para mostrar su apoyo. El señor bufaba cada vez que tenía que hacer alguno de esos frecuentes dispendios, pero se consolaba pensando en todo lo que podría robar en cuanto lograra encasquetarse la corona.

-Deja que consiga el trono y que engorde y se emborrache en él. Cuando sea débil como un gatito podrás matarlo y convertirte en rey. –Le recordaban los antiguos generales de su padre.- En cuanto sea rey será cuestión de tiempo poder matarle.

-¿Y qué hago con sus hijos?

-Esos no cuentan con el apoyo de los hombres de su padre. No será difícil acabar con ellos… Y en cuanto seas rey también podrás matar a la hija si así lo deseas. –Añadían entre risas.- A fin de cuentas, señor, no es capaz de darte un hijo.

Eilín no sabían nada de aquellas noticias y tampoco mostraba interés por nada que ocurriera fuera de los límites de su habitación. Su único entretenimiento eran los paseos al río durante los que observaba la algarabía de los esclavos. Siempre que veía a Alba entre ellos recordaba el alivio de sus hombros, pero no quería volver a tener las manos de esa esclava encima, por lo que, a pesar de sentir de nuevo los mismos dolores, no había vuelto a pedir que la aliviara. Alba, por su parte, no deseba otra cosa y se reconcomía al ver que aquel dichoso momento no regresaba.

Nada más comenzar el verano, uno de los mensajeros anunció que el padre de Eilín se preparaba para tomar la capital y exigía ya las huestes del señor. Este decidió, fiel a su estilo, organizar varias celebraciones antes de su partida para beber y copular con prostitutas y efebos. Tras varios de esos pantagruélicos banquetes bajaban a las aldeas de sus dominios para forzar a los jóvenes o el señor subía a las habitaciones de Eilín para forzarla a ella, que seguía con su decisión de mantenerse completamente inmóvil. Cuándo aquella bestia la dejaba, Eilín se quedaba desmadejada, rota y llena de dolor sobre su cama. Tras la cuarta visita de su odiado marido, Eilín llamó a Mairá, que dormía en un rincón de la habitación intentando taparse los ojos y los oídos.

-Llama a la esclava que tiene magia en las manos. –Susurró con voz derrotada.

En aquellas ocasiones Mairá sentía lástima por su despreciada señora y se levantó rápidamente para cumplir la orden. Sabía que se refería a Alba y corrió a llamarla. Esta no deseaba otra cosa y casi ni esperó a que Mairá acabara de pedirle que fuera. Salió como una flecha hacia la habitación de su señora. Se la encontró sentada en la cama, desnuda, encogida sobre sí misma y con el largo cabello suelto y desmadejado sobre su cuerpo.

-Quiero tu magia. –Le dijo con voz agria y gutural en cuanto la sintió entrar.

Alba se acercó lentamente, con el corazón sobrecogido.

-Juro que mataré a ese bastardo. –Se decía llena de rabia. Y añadió en voz alta:- Señora, necesito que te tumbes boca abajo.

-¿Para qué? –Le preguntó Eilín con brusquedad.

-Porque así podré darte mejor mi "magia".

Eilín no dijo nada. Permaneció un largo instante inmóvil, en la misma posición en la que estaba, sopesando si debía fiarse o no de aquella esclava. Alba, desconcertada, dudaba si tocarla o no. Por fin, la señora se tumbó boca abajo, mostrando, a la tenue luz de las velas la belleza de su espalda, de sus glúteos y de sus muslos. Alba sintió un fortísimo deseo de acariciarla y de besarla. Cerró con fuerza los ojos y los puños para contenerse y, en cuanto pudo serenar un poco su deseo, se centró en el cuello y los hombros de su señora. Le apartó el largo y sedoso cabello con suavidad para poder maniobrar con libertad. Eilín volvió a sentir el alivio de aquellas manos ásperas por el trabajo, pero sabias y calmantes. Las sintió deslizarse de los hombros a la espalda y sintió su extraño caminar por cada una de sus fibras musculares, liberando tensiones y abriendo senderos de calma y bienestar. Ella no lo sabía, pero Alba combinaba los movimientos terapéuticos con suaves caricias que aliviaban en parte su intenso deseo. En más de una ocasión logró liberar del pecho de su señora algún que otro suave suspiro mientras el placer la iba adormeciendo poco a poco.

Cuando se quedó dormida, Alba la tapó cuidadosamente y, sin poder evitarlo, le dio un suave y rápido beso en la mejilla antes de salir rápidamente seguida por la asombrada y escandalizada mirada de Mairá.

Desde entonces, y aprovechando la partida de su esposo al frente de sus tropas, Eilín requirió a Alba con frecuencia. Esta se sentía feliz y plena, pues pensaba que así se iría acercando poco a poco a ella. Pero Eilín mantenía las distancias, permaneciendo tan rígida e inexpresiva como siempre. Esto desesperaba a Alba que, impaciente, pensó que quizá si intentaba hablar con ella lograría acortar distancias, pero el día que lo intentó la bella joven se revolvió como un animal herido y la abofeteó.

-¡¿Quién te ha pedido que hables, esclava?!

Perpleja y dolida, Alba no contestó. Esto Eilín lo interpretó como un desacato a su persona y le dio otra bofetada.

-¡¿Quién te ha pedido que hables?! –Repitió gritando.

-Nadie, señora. –Susurró Alba al fin, agachado la cabeza.

-Pues haz tu trabajo, puta… ¡Y no hables!

-Sí, señora…

-¡Fuera de aquí! –Gritó de pronto Eilín cuando Alba volvía a colocar sus manos sobre ella.

Aquella sorprendente reacción pilló por sorpresa a Alba, que se alejó de ella para evitar mayores problemas, y con el alma encogida se dirigió a la puerta. Mairá la interceptó antes de llegar a ella.

-Eso te pasa por soñar quimeras. –Le susurró.

-¿Qué quimeras?

-¡¿Qué se supone que estáis murmurando vosotras?! –Eilín las había oído y se levantó bruscamente de su cama. Parecía que había enloquecido de repente.- ¡¿Tan estúpidas sois las esclavas que no entendéis que sólo debéis hablar cuando se os lo pide?!

-Señora… -intentó mediar Mairá- sólo despedía a Alba.

-¡¿Crees que soy idiota?! ¡¿Crees que no veo tus ojos de lechuza sobre mi cabeza cada vez que viene esa esclava?! –Se acercó a ellas con paso lento y aspecto amenazante.- Sé muy bien cómo sois los esclavos; sé que os molesta que usemos alguna de vuestras costumbres porque nos consideráis indignos e inferiores.

Mairá, asombrada, la miraba con los ojos como platos. No entendía la ira repentina y salida de tono de su señora.

-Señora yo…

-¡¡Calla!! –Gritó de nuevo la joven fuera de sí.- Te veo ahí, en tu pútrido rincón espiándome, tensando cada músculo de tu cara cuando sabes que las manos de esta esclava alivian mis dolores…

-Señora… -interrumpió Alba aumentando la ira de Eilín.

-¡¡¡Calla!!! –Le dio a Alba un bofetón tan violento que a punto estuvo de tirarla al suelo. La joven se quedó encogida, acariciándose la mejilla ultrajada.- ¡¡¡He dicho que te vallas!!! –Gritó fuera de sí.- ¡¡¡Fuera!!!

Alba no dudó un segundo. Abrió la puerta y se fue dejando a aquel basilisco enfrentada a una asombradísima y dolida Mairá.

-Y tú… -Eilín agitó su dedo índice de forma amenazadora muy cerca del rostro de la esclava.- No volverás a juzgarme; no volverás a mirarme con rabia… porque cada vez que esa esclava venga a aliviarme tú te irás de aquí, maldita…

Giró la joven sobre sus pasos y volvió a su catre. Mairá, intentando contener las lágrimas se fue a su rincón donde se encogió para luchar por conciliar el sueño.

VIII

Alba ya no se sentía cómoda cerca de Eilín, a pesar de la frecuencia con la que empezó a requerirla, ya sin la inquisidora mirada de Mairá. En ausencia de la esclava, la joven señora cambió ligeramente su actitud. Empezó abandonando su costumbre de desnudarse rápidamente y dentro de la cama para evitar las miradas airadas y susceptibles de su esclava, desnudándose lentamente y fuera de la cama, como queriendo llamar la atención de Alba. Desde luego lo lograba plenamente, pues la joven, completamente clavada al suelo, observaba cómo la blanca piel de la señora aparecía tras la tela, mostrándole todo el esplendor de su belleza. La primera vez que Eilín le permitió ver emerger aquel maravilloso cuerpo sin censuras ni cortapisas, Alba se quedó noqueda y perdió la conciencia del tiempo.

-¿No vienes?

La voz de Eilín sonaba irritada e impaciente. Alba reaccionó y se dio cuenta que la miraba por primera vez a los ojos. Estaba tan rígida como siempre, pero su mirada era intensa y a la vez muy dura. Se forzó a acudir a su lado para cumplir con su labor. Para su sorpresa, la señora no se movió hasta que llegó a su altura. Alba sintió su mirada como una tea ardiente en su alma mientras el dulce aroma que salía de su cuerpo la mareaba y le hacía caminar con paso vacilante. Eilín era consciente de su turbación y sentía curiosidad ante aquellos temblores inexplicables de su esclava. Por ello se mantuvo erguida, observándola, durante un instante eterno. Aquella actitud de Alba hacia ella le intrigaba desde hacía tiempo, sobre todo desde que ella misma, más relajada por la ausencia de su esposo, sentía un extraño placer con las manos de la joven. No sabía darle nombre a aquella sensación. Sólo sabía que le hacía bien y que la compañía de aquella esclava le resultaba hasta necesaria y por eso seguía llamándola con frecuencia.

Hacia el final del verano un mensajero llegó con la noticia del triunfo del padre y del esposo de Eilín en la guerra por el trono. El padre era el nuevo rey, y el esposo su primer consejero. Ambos reclamaban la presencia de la joven en la capital para ejercer sus funciones de buena hija y devota esposa. Esto alteró de forma notable a la joven, que ya se había acostumbrado a vivir sin su marido, y tener que volver a su lado le produjo tal angustia que comenzó a caminar como una posesa por su habitación sin parar siquiera para respirar. Al llegar la noche tenía un enorme cansancio, pero era incapaz de dormir, de manera que a altas horas de la noche le dijo a Mairá que llamara a Alba.

-Quiero que venga la esclava de las manos. –Era su manera de nombrarla.

Cuando Alba llegó se la encontró más tensa de lo habitual y aún andando sin parar. Al ver a la esclava se desnudó, esta vez con rapidez y se metió en la cama inquieta. Alba, sin decir nada, se acercó lentamente y comenzó a masajearle los hombros para intentar calmar la enorme tensión que tenía. Pero resultó ser una tarea casi imposible, pues cuanto más intentaba tranquilizarla, más parecía tensarse ella. De pronto se revolvió en la cama y se puso boca arriba. Alba se apartó pues por experiencia sabía que aquello podía traducirse en un golpe. Pero en aquella ocasión Eilín no se movió. Simplemente la miró fijamente, con unos ojos inquietos y ansiosos. Alba no pudo sostener aquella mirada, pues la belleza del cuerpo atrajo poderosamente sus ojos, que recorrieron aquella blanca y bella piel, desde los pies al cuero cabelludo, deleitándose en el rincón del pubis y de los senos. Cerró con fuerza los ojos para evitar una extraña fuerza que insistía en empujarla hacia el precipicio que suponía aquella mujer, impulsándola a llenarla de caricias. Cuando los volvió a abrir se la encontró con la misma actitud pasiva, ansiosa y desvalida de Eilín. Ya no pudo soportarlo más. Temblando acercó sus dedos al vientre de la joven y comenzó a acariciarlo suavemente en círculos alrededor del ombligo. Notó el estremecimiento de Eilín y esto le animó a continuar, recorriendo todo su abdomen y sus costados mientras se sentaba lentamente al borde de la cama. La joven señora la seguía con la mirada sin moverse. Su único gesto era un ligero temblor en todo su cuerpo y una respiración notablemente agitada. Estaba excitada y eso animó mucho más a Alba que se inclinó sobre ella y le besó en los labios. Eilín cerró los ojos. Alba se apartó de ella a continuación, asustada de su propia osadía, pero la joven la sujetó con ambas manos y la trajo hacia sí, besándola con fuerza en la boca. Alba perdió todas sus reservas y se tumbó sobre ella mientras Eilín luchaba con la cuerda que ataba su túnica y con este breve atuendo de la esclava para intentar quitársela. Alba no podía ayudarla. Estaba entregada al descubrimiento de los más íntimos y delicados misterios de Eilín, que gemía y se contorneaba con ella, completamente sumergida en el océano de un placer completamente desconocido hasta entonces. Cuando por fin consiguió arrebatarle a Alba su ropa, se aferró como una lapa a aquel cuerpo tan suave, tan hermoso y tan igual al suyo. La esclava también gemía, también gozaba y también disfrutaba de lo que también para ella era completamente nuevo y la culminación de todos sus deseos.

Pero la pasión y delicadeza de Eilín no fue más allá del orgasmo.

-Fuera. –Se dio la vuelta bruscamente, dándole la espalda a Alba y se tapó hasta la cabeza.

Alba la miró sin comprender. Intentó acariciarle el pelo, pero en cuanto la joven señora sintió el roce de sus dedos, se volvió con su habitual agresividad y le golpeó en la cara.

-¡¿No me has oído, estúpida?!

Empujó bruscamente a la esclava para tirarla de la cama. Alba se agarró con fuerza al colchón, evitando caer violentamente al suelo. Se recuperó rápidamente para evitar enfadar más a aquella joven caprichosa y mudable, recogió su raída túnica y mientras se la colocaba, salió rápidamente de allí. Volvió al cubículo de esclavos temblando de rabia y llorando.

-¿Qué has hecho, insensata? –Mairá esperaba en el umbral su llegada y al verla llorando desesperada mientras intentaba atarse la cuerda a la cintura supo que al fin había ocurrido lo que desde hacía tiempo temía que ocurriera.- Esto no te traerá más que complicaciones… Los bárbaros no tienen alma ni corazón. Y la señora, además es una niña caprichosa y malcriada.

Alba no tenía ni fuerzas ni ganas para contestar. De haber podido, le hubiera dicho que se equivocaba, que Eilín la había retenido a su lado con un beso mágico que había robado su alma; que Eilín la había acariciado y le había dado un placer inimaginable. Pero no pudo hablar y tuvo que correr a su catre para encogerse y llorar durante horas, mientras una cruel vocecilla interior le gritaba que Mairá estaba en lo cierto. Esta la miró con lástima. Apreciaba a Alba. Le parecía una joven despierta, alegre y buena, y aquella historia con alguien tan cruel y caprichoso como Eilín no le traería nada bueno. Pero no podía hacer nada, sólo dejar que el tiempo actuara y decidiera por ellas. La dejó llorando en silencio y se volvió a los aposentos de la señora para acurrucarse a su vez en su catre, dormir y olvidar.

Eilín no pudo dormir aquella noche. Su cabeza saltaba enloquecida entre dos ideas: la tragedia de volver junto a su padre y a su esposo a los que odiaba y lo que acaba de ocurrirle con aquella esclava de manos mágicas. Desde hacía tiempo aquellas manos habían despertado en ella unas sensaciones extrañas que no era capaz de entender. Además, la mirada intensa y ardiente de la joven, su respiración nerviosa y el temblor de sus manos cuando la tocaban le intrigaba y le producían una excitación que le costaba controlar. Pero cómo pudo pasar de aquellas sensaciones internas a algo tan real, físico e intenso, era incapaz de entenderlo. Sólo sabía que aquello no podía volver a repetirse ahora que volvía a la capital. Si su padre o su esposo las descubrían, reaccionarían de una forma violenta. Los bárbaros no aceptaban la infidelidad de las esposas. Esto era castigado con la muerte de la "infractora". Pero si esta infidelidad se cometía con un esclavo, el "delito" se convertía en ignominioso y la pobre desgraciada era torturada hasta la muerte.

IX

Nada más salir el sol los soldados entraron en tromba en el cubículo de los esclavos y sin contemplaciones los maniataron y se los llevaron a latigazos hacia el patio de armas. Allí les esperaba un gran carro convertido en jaula y tirado por bueyes. Les obligaron a entrar y como pudieron se acomodaron casi unos encima de otros. Mientras lo hacían vieron salir a Eilín, vestida con un precioso vestido verde con adornos dorados y una capa de armiño. Estaba acompañada por Mairá que, al parecer, sería la única esclava que no entraría en el carro. Les acercaron dos caballos: un precioso semental negro en el que ayudaron a subir a Eilín y un pequeño jaco mal nutrido para Mairá. En cuanto la joven montó en su caballo iniciaron la marcha, abandonando el castillo y aquella tierra en la que la mayoría de los esclavos habían nacido.

El camino fue largo y penoso. Viajaban lentamente por las antiguas vías del viejo reino, bastante abandonadas por los nuevos amos que, más preocupados en guerrear entre ellos, no se ocupaban en colocar las piedras que se iban deteriorando con el trasiego de caballos y carretas. Los jinetes no sufrían demasiado, pero los esclavos del carro se movían sin cesar para intentar que el traqueteo no les rompieran los huesos. Ni siquiera la novedad de las nuevas tierras que iban apareciendo y jamás habían visto paliaban los inconvenientes de aquel camino tan largo. Por si fuera poco los soldados no les dejaban salir del carro, ni siquiera por la noche, obligándoles incluso a hacer sus necesidades dentro.

-¡Mirad! –Exclamó por fin uno de los esclavos al medio día de la tercera jornada- ¡Nuestra capital!

En efecto, en el horizonte se dibujó de pronto la silueta del imponente castillo real rodeado por otras múltiples siluetas de los grandes edificios este que tenía cerca. Todos los esclavos fijaron sus ojos en aquella imagen y comenzaron a llorar en silencio. Las historias del viejo reino que les contaban sus mayores acudieron a sus mentes y de pronto se sintieron llenos de una inmensa alegría, pues aquella era su capital, la joya que perdieron la noche que los bárbaros les destrozaron.

-¡Los esclavos lloran! –Gritó de pronto entre carcajadas uno de los soldados que custodiaba la jaula.

Eilín miró de reojo y sin romper a penas su hieratismo a Mairá, que luchaba por contener las lágrimas.

-¡Llorad bastardos! –Empezaron a gritar y reír los soldados- ¡Este ya no es vuestro reino, es nuestro y lo joderemos tanto como a vosotros!

-¡Bestias, dejad de gritarnos! –De pronto uno de los esclavos más jóvenes se aferró a los barrotes encarándose a los soldados con ira.- ¡Nuestros antiguos dioses volverán y os aplastarán como a cucarachas!

-¡Ya te daré yo cucarachas! –Uno de los soldados espoleó su caballo y atravesó con su lanza el pecho del joven, un adolescente de a penas quince años. El muchacho cayó herido de muerte entre los gritos de sus aterrorizados compañeros.

-¡Por los dioses! –gritaban- ¡Se muere!

-¡Sacadlo de aquí, por favor!

-¡Callaros, perros! –Los soldados empezaron a golpear con sus látigos el carro para acallar las voces de los esclavos.

-¡Ya basta! –Gritó el capitán que se acercó galopando para acabar con el griterío.- ¡Dejad que griten...! ¡Ya se cansarán! ¡Seguimos el camino!

Los soldados obedecieron y, entre carcajadas volvieron a sus puestos mientras los esclavos seguían gritando e intentando salvarle la vida al muchacho.

-¡Señora Eilín! –Entre todas las voces destacó la de Alba en un intento desesperado por salvarle la vida al chico. Creía que Eilín haría algo pero esta continuaba cabalgando a la cabeza de la comitiva sin hacer el menor caso. Alba sabía que lo había visto todo y no entendía por qué los ignoraba y por qué consentía que una vida se perdiera de una forma tan absurda y gratuita.

El terrible suceso impidió que la entrada en la soñada capital fuera tan gozosa como esperaban los jóvenes esclavos. El adolescente había muerto ya y yacía en los brazos de uno de sus amigos en medio de un charco de sangre y orín. Sus compañeros ya no tenían lágrimas para llorarle. La indignación y el dolor les ahogaba la garganta. Alba estaba literalmente petrificada. No había soltado los barrotes y con los ojos idos e hinchados seguía cada movimiento del caballo de Eilín. El resto de imágenes se borró de su mente. No vio el río humano que junto con ellos accedía a la ciudad, no vio el gran arco de la puerta principal de la muralla, ni las calles que atravesaron, ni tan siquiera la entrada al gran castillo real. Sólo veía la larga trenza rojiza de su señora y su bello manto de armiño danzando sobre el caballo negro, mientras su mente se preguntaba una y otra vez "por qué". Sólo cuando los soldados abrieron la jaula y a latigazos les obligaron a bajar, fue consciente de la realidad. Habían llegado y junto a sus compañeros bajó del carro sin dejar de mirar cómo Eilín desmontaba con gran lentitud y sin mirar siquiera un instante hacia sus ultrajados esclavos. Se limitó a seguir al capitán, muy recta, muy digna, por una de las grandes puertas del castillo. Mientras ella desaparecía, los látigos fustigaban a los esclavos para meterlos por una pequeña puerta que daba a la cocina. Como aquella lejana primera vez, tuvieron que asearse en un gran pilón y, como aquella primera vez, fueron conducidos por largos pasillos, esta vez más iluminados, hasta una habitación, más grande que la del castillo del señor, que se suponía contigua a la de su señora.

A Eilín nadie salió a recibirla. En compañía del capitán de su esposo y de Mairá caminó por los enormes pasillos de aquel palacio, tan inmenso por dentro como por fuera. Acostumbradas como estaban al sur, a las dos mujeres no les sorprendió la luminosidad y la amplitud de aquellos pasillos, pero el soldado no paraba de gruñir por la "molestia" que el sol le producía.

Las nuevas estancias de la joven eran mucho más luminosas y grandes, más al estilo de lo que ella había vivido desde niña. Sin embargo, aquella luz y espacio no pareció influir en el apagado y melancólico ánimo de la joven, que, tal como solía hacer, se sentó junto a la ventana sin decir nada, mientras Mairá y otras dos esclavas deshacían todo el equipaje.

Estuvo horas sentada hasta que al anochecer un esclavo vino a buscarla para cenar con su padre y esposo. Se levantó como si su cuerpo fuera de plomo y, seguida por Mairá, se internó tras el esclavo por varios largos pasillos que acabaron finalmente en un enorme salón con tres grandes mesas dispuestas en forma de U. En la cabecera, frente a la puerta estaban su padre, alguno de sus hermanos a su derecha y a su izquierda su esposo. En las otras mesas cientos de hombres, prostitutas, efebos y esclavos se movían de forma completamente grotesca y anárquica. Evidentemente, sin haber empezado la cena, el alcohol empezaba a hacer estragos. Eilín se dio cuenta que su familia no estaba en mejor estado. Su padre, mucho más gordo de lo que recordaba y tocado con una corona real que peligraba en su gran cabeza, reía y cantaba sin saber realmente lo qué hacía. El resto de miembros de la presidencia reían de igual forma que él.

-¡Ah! –Exclamó su marido en cuanto la vio llegar- ¡Ya está aquí mi bella y flacucha esposa! –Esto último lo gritó con toda la fuerza de sus pulmones al tiempo que ponía en la frase un evidente acento irónico que provocó risotadas enloquecidas en toda la concurrencia.

-He llegado hace horas, perro. –Murmuró entre dientes Eilín, mientras se acercaba lentamente al lugar que le estaba reservado, cerca de él.

-Pero, venga. –Seguía berreando su marido.- Camina con más ganas. –Le interrumpió un coro de carcajadas, tras el que se dirigió directamente a su suegro con la misma actitud mordaz.- No sabes cuánto te agradezco que me hayas casado con tu hija. Es la esposa que todo hombre puede desear: fría como un témpano de hielo.

En ese momento Eilín ya había llegado a su asiento y se sentaba en medio de la brutal carcajada general.

-Tú también eres el yerno que siempre deseé tener. –Respondía en ese momento el flamante nuevo rey.- Con un buen ejército que me mantenga en el trono. –Y refiriéndose a su hija añadió.- Espero que hayas sabido domarla. Siempre ha sido una niña estúpida y caprichosa.

-¡Por supuesto señor! ¡Una buena monta doma cualquier jaca rebelde!

Aquel último comentario provocó la más intensa de las carcajadas, preludio del desfase que siguió a continuación: comida y bebida sin tregua y actos sexuales de todo tipo. Eilín ya había vivido algo así muchas veces y asistía a tales banquetes con la misma desgana e indiferencia con la que desarrollaba su vida. Pero aquel día se sentía humillada y con nauseas. Sólo pensaba en salir de allí lo antes posible, pero sabía que no podría hacerlo hasta que estuvieran todos tan borrachos que no se dieran cuenta que se iba. Para intentar soportar aquello y las extrañas nauseas que sentía cerró con fuerza los ojos e intentó olvidarse de dónde estaba. Su mente la llevó entonces a su habitación en el castillo y le representó el alivio que sentía con las manos de aquella esclava con magia. Inmediatamente recordó aquella noche en la que las de las manos pasaron al sexo y una intensa excitación recorrió todo su cuerpo poniéndole los pelos de punta. Sintió un intenso deseo de volver a verla, de volver a vivir aquella experiencia que aún no sabía cómo ocurrió. Pero las carcajadas de aquella panda de brutos le devolvieron de pronto a la realidad. Abrió los ojos y miró con disgusto a su alrededor. Vio a su esposo, completamente borracho jugando con los pechos de una prostituta.

-Si este animal me viera… -Pensó de pronto mientras aprovechaba para levantarse y escurrirse con la ayuda de Mairá. De camino a sus aposentos sintió de nuevo el pánico que le asaltó en el castillo del este cuando pensó en la posibilidad de ser descubierta en los brazos de una esclava. A fin de cuentas, aquel animal con el que la habían casado entraba en su habitación en cuanto le venía en gana.

Aquel primer día en la soñada capital fue muy amargo para los esclavos. En cuanto los dejaron en su cubículo, se encogieron en diversos rincones para llorar en silencio al compañero muerto. Alba no paraba de pensar en Eilín: en la Eilín suave y entregada de la otra noche y en la Eilín fría y distante que ignoraba el asesinato de su esclavo adolescente. ¿Cuál de las dos era la verdadera? ¿Era, como decían todos al hablar de los bárbaros, un ser sin alma?

Poco a poco el dolor por la dura experiencia vivida fue quedando en un segundo plano ante el trabajo del día a día. Los esclavos tenían que limpiar todos los aposentos de la señora, preparar su comida y cuidar que su vida fuera cómoda. Pero como la vida de Eilín se desarrollaba en el encierro de su habitación, el trabajo diario era bastante liviano, por lo que podían contar con algunas horas libres al día. Algunos decidieron usar estas horas para salir del castillo real y callejear por la anhelada capital. A la mayoría aquello le parecía una tontería, pero pronto se unieron unos siete a la aventura, entre ellos Alba, que deseaba distraerse de la pena y el dolor que la ausencia de Eilín, a la que no había vuelto a ver, le producía.

Salieron temprano para aprovechar al máximo las dos horas que tenían. Su guía era uno de los esclavos más mayores: Bailos, que con veinticuatro años aún recordaba su infancia en la capital. Nada más salir al patio de armas llevó a sus compañeros a un lugar bajo la torre.

-Si escarbáramos un poco –les decía- encontraríamos los huesos de nuestros reyes. En la noche de la invasión, los bárbaros los colgaron de la torre y los dejaron allí hasta que se pudrieron. Cuando sus huesos se descolgaron y cayeron aquí, ni se molestaron en sepultarlos dignamente. Los dejaron para que los pisaran los soldados y los animales... Esto para nosotros es ahora suelo real.

El esclavo miró de reojo a los soldados que vagueaban en el patio y escupió en el suelo intentando que no le vieran.

-Sigamos. –Murmuró con ira.

Salieron del castillo y se adentraron en las anchas calles de la ciudad, completamente atestadas de gente de todo tipo y condición. Este incesante trasiego de personas y mercancías les dejó maravillados. Intentando esquivar las avalanchas, fijaban sus ojos en los antaño magníficos edificios, ahora medio derruidos. Sólo quedaban en pie las mansiones más lujosas. Junto a ellas, sucios chamizos las acompañaban, en un contrate grotesco.

-¡Han destrozado nuestra ciudad! –Exclamó con lágrimas en los ojos una de las jóvenes.

-Mis padres siempre dijeron que esta era una ciudad magnífica. –Aseguró Bailos- Ahora ya casi no queda nada... -Tragó saliva e intentó recomponerse.- Vamos a la plaza. Allí teníamos un próspero taller de telas.

Le siguieron entre el gentío. Tal como recordaban de las historias que les habían contado sus padres, del palacio real partía una gran calle que desembocaba en la plaza, centro neurálgico de la ciudad. Así que siguieron esa calle hasta que un buen rato más tarde entraron en un enorme recinto de forma cuadrada, lleno hasta rebosar de puestos de las más variadas y exóticas mercancías. Se quedaron anonados y no supieron hacia donde dirigirse.

-¡No sé dónde estaba el taller de mis padres! –Se lamentó Bailos.- Tendría que estar en el centro de la plaza el templo de la Madre Tierra... Pero no está... Nuestro taller estaba al sur del templo.

Miraron en todas direcciones para intentar situar el puesto de telas, pero sólo se veían personas, bestias de carga y puestos de mercancías. Ni siquiera el gran pórtico de columnas que formaba los lados del cuadro se mantenía en pie en todas sus partes. Había columnas rotas, tramos sin ellas, y la mayoría de los edificios adosados antaño al pórtico ya no existían. Eran, en tiempos del viejo reino, las viviendas y las tiendas de los comerciantes. Entonces, el espacioso centro de la plaza era un lugar de tránsito y de paseo sosegado entre el enorme templo de la Madre Tierra y las tiendas. Ahora era imposible caminar de forma desahogada entre tantísimo tenderete improvisado y, por supuesto, del famoso templo no quedaba ni rastro.

-Lo habrán tirado. –Aseguró uno de los jóvenes mientras guiñaba los ojos buscando el templo.- Los bárbaros expulsaron a nuestros dioses y quemaron sus templos en todo el reino.

-Pero quedará algo –aseguró Bailos.- Vamos a buscar.

Se adentraron entre la multitud intentando llegar al centro para encontrar los restos del templo. Bailos quería circuncidarlo para orientarse en la búsqueda del taller en el que tantas horas jugó de niño, pero el resto empezó a embobarse con los múltiples puestos que exhibían todo tipo de mercancías.

-¡No toques eso si no lo puedes comprar!

Alba se sobresaltó. Se había acercado a un puesto que exponía cientos de joyas y se había sentido atraída por uno de los collares mientras una idea absurda y loca le pasaba por la cabeza: "Podría regalárselo a Eilín. Así vería cuanto la amo" Pero el vozarrón del comerciante le había devuelto a la realidad del lugar en el que estaba y de la triste realidad de su bolsa inexistente.

-Te encanta asustar a los niños, ¿verdad?

-No somos niños. –Protestó uno de los esclavos más jóvenes.

Alba se giró hacia la voz desconocida. Procedía de un anciano de largo cabello y larga barba blancos. Se sujetaba sobre un grueso palo que le servía de bastón y vestía con una túnica hecha de jirones. Era un mendigo que pedía limosna junto al puesto del joyero. Sin embargo, a pesar de su mísera condición tenía un aspecto "impecable": su túnica estaba rota pero no tenía demasiada suciedad y sus cabellos y barba estaban limpios y bien peinados. Era alto, de complexión atlética a pesar de su edad, y tenía unos ojos de un azul intenso que no se apartaban de Alba, mientras iluminaba su rostro, lleno de arrugas, con una sonrisa radiante.

-¡Tanto me da que sean niños o viejos! –Oyeron protestar de nuevo al comerciante.- ¡Si no tienen dinero para pagar, no pueden mirar!.

-¿Y cuanto cuesta tu falso collar de oro? –Rió el anciano.

-¡No es falso! –Gritó airado el comerciante.

-Yo te lo compraré para esta bella muchacha. –Y ante el asombro de todos, sacó cuatro monedas de cobre y se las puso al hombre en el mostrador.

-No es necesario… -Alba intentó detenerle sin éxito.

-Hay algo en tus preciosos ojos que necesita este collar… No puedo dejarte sin él. –Sin hacer caso de las protestas del joyero le puso a Alba el collar en su mano.- Espero que te haga más feliz y llegues a sonreír gracias él…

-¡Estás loco, viejo! –Le gritó el del puesto.- Regalarle un collar a una esclava… -Gruñía.- ¿Acaso crees que sus amos dejarán que se lo ponga?

-Vámonos, muchachos. –Les dijo el mendigo a los asombrados jóvenes.- Voy a enseñaros este destartalado mercado.

Los alejó de allí mientras las protestas del joyero se perdían entre el griterío general. Los jóvenes se dejaron llevar, intrigados por aquel hombre tan extraño. Su aspecto pulcro y su lenguaje educado indicaba que en los tiempos del viejo reino debió ser una persona de alta cuna. Esto aumentaba la curiosidad de los jóvenes y todos deseaban averiguar quién había sido, pero no se atrevían a preguntar.

-Bueno, muchachos, -comenzó cuando salieron del alcance del joyero- no os había visto nunca por aquí... ¿de dónde habéis salido vosotros?

-Venimos del Este. –Contestó una de las jóvenes.- Somos los esclavos de la hija del rey.

-Del usurpador, querrás decir. –Matizó otro de los jóvenes.

-¿De la hija del rey? –El hombre se detuvo asombrado. Los miró con los ojos abiertos.- ¿Servís en el palacio real?

-¿Quién eres? –Le preguntó al fin Bailos.

El hombre sonrió de nuevo y borró el asombro de su rostro.

-Sólo soy un pobre hombre que vive de la bondad de las buenas gentes.

-En este reino ya no hay ni bondad ni buenas gentes. –Aseguró una de las esclavas.

-Pero eso está a punto de cambiar. –La sonrisa feliz del hombre les dejó anonadados.

-¿A punto de cambiar? –Se miraron unos a otros dudando. Estaban demasiado acostumbrados al pesimismo de sus mayores y les chocaba aquel hombre que era el primero que miraba la triste realidad que en verdad les rodeaba con optimismo- ¿Por qué dices eso? ¿No ves que los bárbaros nos han sometido? ¿No ves que somos sus esclavos y no tenemos defensa contra ellos?

-Pero los dioses están a punto de regresar...

Le miraron asombrados. Al quemar los templos del viejo reino, los bárbaros exiliaron los viejos dioses y los antiguos habitantes del reino se quedaron huérfanos. Lo que el viejo acababa de decirles equivalía casi a una rebelión. Le rodearon para intentar sonsacarle más información, pero él agitando la mano que le quedaba libre y riendo, les pidió que se tranquilizaran.

-Sólo soy un pobre viejo con muchas historias. No puedo contároslas todas juntas... Si volvéis a visitarme otro día, me daréis compañía y yo os contaré alguna historia nueva...

Los jóvenes asintieron y se despidieron de él. Ya tenían que regresar al palacio, pues si no les veían en pocos minutos, les darían por prófugos y eso, según las crueles leyes bárbaras, les llevaría a morir desmembrados.

El encuentro con aquel extraño anciano les mantuvo entretenidos durante un par de días, hablando de él sin parar. Algunos se sentían impresionados e intrigados, pero otros consideraban que sólo era un mendigo loco.

-Sabéis que muchos de los nuestros perdieron la cabeza tras la invasión. –Aseguraban estos últimos.

-Pero no perdemos nada por darle un poco de compañía y conversación a un pobre anciano que está solo. –Mediaban los primeros.

Esta compasiva opinión de una de sus defensoras inclinó hacia el mendigo la balanza, sobre todo porque aquel extraño personaje era la única novedad que aquellos desdichados esclavos tenían en su existencia. Salir del palacio para ver a un mendigo, loco o cuerdo, les servía para evadirse y olvidar por un pequeño espacio de tiempo de la miseria de sus vidas.

ᴥ

Eilín no había recibido la indeseada visita de su marido en aquellos días. Tampoco había vuelto a ver a su padre o a sus hermanos, entre otras cosas porque permanecía encerrada en sus aposentos junto a Mairá. Sólo de tarde en tarde salía al jardín del palacio para dar un pequeño paseo. En estos momentos no deseaba otra compañía que la de Mairá y la de otra esclava que había estado con ella desde la adolescencia. Expresamente había pedido que los esclavos traídos del este permanecieran fuera de su vista pues no quería ver a Alba por el temor irracional a que, con sólo estar cerca de ella, alguien averiguara lo ocurrido en el castillo. Y si algo así llegaba a oídos de su esposo estaría perdida. Sabía que, a pesar de ser su mujer, o precisamente por eso, la torturaría hasta la muerte. Se resignaba pues a una existencia gris y aislada del mundo, roída por una melancolía que nadie podía entender pues, como hija del rey, tenía más libertad que el resto de mujeres nobles. Pero en su lugar, elegía la muerte en vida, el ostracismo y la rigidez.

Sin embargo la naturaleza truncó sus deseos de monotonía: A los pocos días de llegar a su nuevo hogar, se levantó terriblemente mareada y con nauseas. Los médicos la analizaron y decidieron que estaba embarazada. Aquello no le sentó muy bien a la joven pues la colocaba en una difícil situación, a no ser que el embarazo no se truncara esta vez y que, por supuesto, naciera un niño. Si volvía a tener un aborto, o nacía una niña, sin duda tendría represalias. Con el bruto de su marido y con un padre que no parecía sentir nada por ella, veía siempre su vida pendiente de un frágil hilo que en cualquier momento se podía romper.

Pero mientras ella se encogía de miedo, la noticia se propagó por el palacio. Su marido, tal como hizo la vez anterior, organizó una serie de fastuosos banquetes a los que tampoco invitó a la joven. Su padre incluso se dignó a visitarla para recordarle, eso sí, que su obligación era darle un hijo sano a su marido y, por supuesto, varón.

-Han llegado noticias de revueltas en el norte y en el oeste. Necesito a tu marido contento, así que más te vale darle un hijo sano y varón. – Y tras esto, giró sobre sus pasos y se fue.

Eilín ni se había molestado en mirarle. Hierática como siempre, siguió con los ojos perdidos en la ventana, mientras en lo más profundo de su ser rugía la angustiosa sensación que aquel embarazo le producía. Y como señal de mal agüero, aquella misma noche su odiado marido, borracho como una cuba y procedente del primer banquete, fue a sus aposentos para tomar posesión de su cuerpo sin contemplaciones.

Los jóvenes esclavos, intrigados por el mendigo, aprovecharon la algarabía que el embarazo de su señora había provocado, para volver a salir del castillo. Les costó convencer a Alba, que tras la noticia estaba más apagada de lo normal, pues pensaba que aquel embarazo acabaría por alejar definitivamente a Eilín de su lado.

-Él dijo que fuéramos todos. –Insistía uno de sus compañeros.

-Pero yo no quiero –Lloriqueaba ella.

-Por favor. –Le suplicaban.

Alba acabó por rendirse y se fue de nuevo con ellos a la gran plaza, donde volvieron a encontrarse con el mendigo. Estaba en el mismo puesto del joyero donde le habían conocido.

-Ya veo que has embaucado a estos pobres infelices, viejo. –Le dijo con sorna el mercader. Mala compañía os buscáis, niños.

-No somos niños. –Protestó airado Bailos.

-Calma, calma –medio el mendigo.- Tú, embaucador, no digas sandeces a los jóvenes; y vosotros, no os enfadéis por las erradas palabras de un ladino comerciante.

-¿A quien llamas ladino, maldito mendigo?

Antes que enzarzarse en una discusión con el joyero, el viejo volvió a tirar de los esclavos para llevárselos de allí, riendo como siempre.

-Me alegra muchísimo volver a veros, muchachos.

Los jóvenes comenzaron a atropellarse unos a otros haciendo preguntas:

-¿Nos contarás alguna de tus historias?

-¿Por qué dices que los dioses volverán?

-¿Has visto algo que los demás no sepamos?

El viejo reía mientras caminaba con aspecto ausente y les dejaba hablar. Cuando por fin se cansaron de hacer preguntas se volvió hacía ellos, inclinó su cabeza, indicándoles que hicieran lo mismo, de manera que entre todos formaran una cúpula de cabezas que ocultara sus palabras de curiosos impertinentes.

-Los dioses bendijeron a la hija del rey y ella ha vuelto al fin.

-¿La hija del rey? –Exclamó uno, levantando la cabeza y llamando peligrosamente la atención de la gente. El anciano le obligó, con un gesto a bajar la voz.- ¿Estás loco? –Le preguntó en un susurro volviendo a la privacidad de la "cúpula".

El resto de jóvenes estaban tan asombrados como su compañero y se miraban espantados unos a otros.

-Pero… -Preguntó una de las jóvenes finalmente- Si el rey no tuvo hijos.

-Mis padres siempre dijeron que en los días de la invasión la reina estaba embarazada… -Recordó de pronto alguien.

-Pero no llegó a dar a luz… Estos bestias la asesinaron antes…

-¡Muchachos, muchachos! –Medió el anciano con su habitual gesto bonachón.- Ya basta de hablar de eso.

-¿Cómo que basta? ¿Nos vas a dejar así ahora?

-Y si los reyes tuvieron una hija, ¿dónde está?

-¡Sí! –Gruñó el impulsivo Bailos- ¿Qué está haciendo que no se pone al frente de su pueblo para echar de nuestra tierra a los bárbaros?

-¡Todo a su tiempo, jóvenes! –Rió de nuevo el anciano- Todo a su tiempo –Susurró canturreando.- ¡Venid a mi casa! Allí hablaremos con más tranquilidad de todo esto.

-No me parece una buena idea. –Era la primera vez en aquella mañana que Alba abría la boca. Se encaró con gesto desafiante al risueño mendigo.- ¿Qué quieres en realidad de nosotros?

-Nada. –Protestó el hombre con aire ofendido- Solo vuestra compañía y conversación.

-Somos esclavos de la señora Eilín, -insistió Alba- si nos haces algo, el peso de la ley caerá sobre ti.

-¡Alba! –Gimió con idéntico tono ofendido el anciano- ¿Qué daño os puede hacer este pobre viejo?

No le dio tiempo a contestar. Uno de sus compañeros, ansioso por conocer más detalles de la princesa, se le adelantó.

-No seas aguafiestas, mujer… ¿qué nos va a hacer si estamos todos juntos?

Alba intentó protestar de nuevo, pero sus compañeros tenían tanta curiosidad como el joven anterior y corrieron a ponerse al lado del anciano para seguirle donde fuera. Cedió pues a regañadientes y se fue tras ellos. La actitud del anciano le resultaba sospechosa, sobre todo cómo la miraba a ella, pero sus compañeros estaban absolutamente obnubilados y no le quedó más remedio que ceder e ir tras ellos. De esta manera vio con evidente preocupación que se alejaban de la zona más bulliciosa de la ciudad, compartida por bárbaros de bajo nivel social y oriundos del reino, y se adentraban en una zona más mísera y despoblada, en la que a penas se veían unos cuantos niños desarrapados corriendo por las calles.

-Es una trampa. –Pensaba con angustia.

Quería advertir a sus compañeros, pero ellos estaban demasiado ocupados rodeando al risueño viejo mientras le acosaban con sus preguntas. Alba se daba cuenta que no eran conscientes de por donde caminaban.

-¿Por qué no nos contestas a nada? –Protestó Bailos con evidente enfado.

-Porque hemos llegado a mi humilde hogar.

Asombrados los jóvenes fueron por primera vez conscientes de dónde estaban: en medio de una estrecha calle llena de barro y franqueada por casuchas casi sin techo ni paredes. Una de las filas de casas estaba adosada a la muralla de la ciudad, justo en el lado en el que la muralla se alzaba sobre un escarpado risco.

-¿Vives en este lugar? –Le preguntó uno de los jóvenes.

-Aquí vivimos muchos de los supervivientes del antiguo reino.

-¿Os vigilan los soldados? –Preguntó una joven señalando a la muralla.

El anciano rió.

-No, no, no… Nosotros no somos importantes para ellos y nunca hacen la ronda por aquí. Ellos nos dejan en paz y nosotros podemos ser más libres.

-¿Libres? –Exclamó con sorna Bailos.- Libres de morir si uno de los señores bárbaros ataca la ciudad.

-Bueno… -Rió el mendigo.- Hay muchas formas de defenderse.

-¿Más misterios? –Alba aprovechó para meter baza.- ¿Dirás alguna vez algo claro?

El anciano, sonriendo y sin decir nada, se limitó a señalar una de las casas de paja.

-Esta es mi casa. Siempre que queráis, seréis bien venidos en ella.

-No vamos a volver. –Protestó uno de los jóvenes.- Alba tiene razón: nos estás engañando. Dices que nos hablarás de nuestra reina y no cuentas nada.

El anciano iba a responder cuando le interrumpió la llegada de una mujer de unos cuarenta y cinco años. Era muy menuda y estilizada. Tenía una larguísima cabellera grisácea suelta sobre su espalda y vestía una sobria túnica de un blanco inmaculado que resplandecía con el sol. Tenía la cara redonda y delicada a pesar de unas incipientes arrugas impropias de su edad y quizá debidas a algún dolor del pasado.

-¿Quiénes son estos muchachos? –Preguntó al anciano. Su voz era aguda, serena y un poco cantarina.

-Son unos esclavos del palacio real que amablemente han acompañado a este pobre viejo a su casa.

-Somos esclavos de la señora Eilín. –Matizó Alba con evidente disgusto. El constante desenfado del mendigo, y sobre todo, el misterio que tan a propósito creaba, la irritaban.- Y no te hemos acompañado. Nos has engañado para traernos hasta aquí.

La recién llegada miró a la joven. Alba notó su mirada inquisitiva y sobre todo, como abría los ojos como platos mientras sus carnosos labios dibujaban un rictus de sorpresa o espanto.

-¿Quién eres tu? –Le preguntó al fin.

-No molestemos más a estos muchachos… -El anciano pasó su brazo por los hombros de la mujer y tiró de ella para alejarla de allí. Claramente no quería que estuviera ni un minuto más con ellos- Tienen que volver al palacio. Es tarde y ya sabemos cómo se ponen estos bárbaros con los esclavos que creen que se han fugado.

Pero la mujer, con su espantada mirada, fija en Alba, se resistía a irse de allí. La joven, anonadada ante la reacción de aquella desconocida y los extraños comportamientos del anciano, quería preguntarles qué les ocurría o que tramaban, pero el anciano ya había conseguido alejarse de ellos mientras les gritaba que les esperaba otro día.

-¡Cuando queráis visitar a este viejo ya sabéis dónde encontrarme! –Concluyó desapareciendo de su vista sin soltar a la mujer.

XI

Las noticias que llegaban del norte eran preocupantes. Los seis señores que dominaban aquellas tierras habían conseguido aliarse, designando a uno de ellos como candidato al trono. Por si fuera poco, a sus filas se habían sumado tres señores del Oeste y dos del Este. Juntos habían iniciado la invasión del sur y se encontraban a unos ochocientos kilómetros de la capital. El rey organizó a sus leales y los puso bajo el mando de su yerno que aceptó de mala gana. Él también tenía sus propios planes para acceder al trono asesinando a su suegro, y aquella invasión se los truncaba. Debía alejarse de la capital, posponiendo así el asesinato. Pero, por otro lado, si la rebelión triunfaba, llegaría otro rey y ya no podría hacer nada para tomar posesión de la corona. Para seguir adelante con sus planes, concluyó, tenía que aceptar la orden de pararles los pies a los atacantes.

Eilín, por su parte sintió un enorme alivio al recibir aquellas noticias. No pensó en la posibilidad de que una horda despiadada de supuestos compatriotas entraran a sangre y fuego en la capital, asesinando y violando todo cuanto existía, sino en la bendición de perder de vista a su odiado marido. Cierto era que no había vuelto a visitarla desde la noche que supo que estaba embarazada, pero para la joven aquel peligro pendía sobre su cabeza mientras él viviera en los muros de aquel inmenso palacio. Además, una guerra siempre entrañaba la posibilidad de volver a verlo dentro de un ataúd, algo que comenzó a rogar a los dioses desde que supo de su partida.

La primera noche que pasó sin la amenaza del esposo, ordenó a Mairá que llamara a la esclava de las “manos mágicas”. Hacía tiempo que sentía el intenso deseo de volver a verla y aquella era la ocasión perfecta. La esclava obedeció a regañadientes y fue a buscar a Alba, que corrió a los aposentos de Eilín sin dejar a penas que Mairá acabar de hablar. Por fin la llamaba, por fin se acordaba de ella y no perdería ni un solo instante para correr a su lado.

Se detuvo nada más traspasar el umbral. Eilín estaba tan rígida e inexpresiva como siempre. De pié y dando la espalda a la puerta de entrada, miraba ausente por la ventana.

-Señora… -Balbuceó con una vocecilla temblorosa y asustada Alba.

Eilín ni respondió ni se movió. Sentía el nerviosismo, el temor y la excitación de Alba y eso le producía un extraño placer que quería degustar un instante más. La joven esclava no sabía qué hacer ante aquella actitud tan fría. Se movía de un pie al otro mientras su cabeza hervía con miles de ideas sin sentido.

-Cierra la puerta. –Dijo por fin la joven señora mientras se llevaba las manos a la espalda para intentar desatar las cintas que ceñían su corpiño.

Alba obedeció sin rechistar y sin esperar más indicaciones de su señora, movida por una fuerza que era incapaz de controlar, se acercó despacio a ella para ayudarla con las cintas. Eilín se dejó hacer. Alba desató rápidamente su corpiño y se lo arrebató, hundiendo sus anhelantes manos en los costados de la joven señora mientras le besaba los hombros desnudos y el cuello. Eilín se estremeció mientras sentía que Alba se deshacía también de la lujosa falda y la dejaba sólo con la camisola interior. Tuvo una pequeña tentación de resistirse, pero finalmente permitió que Alba rodeara su cintura y se situara frente a ella. Dejó que le sujetara la cabeza mientras besaba con anhelo su boca, poniendo en aquel beso toda la pasión que le quemaba por dentro. Eilín estaba extrañamente quieta y, mientras correspondía al beso de Alba se dejaba arrebatar la poca ropa que le quedaba, intentando a su vez arrebatarle a la joven esclava la suya. Alba la fue empujando poco a poco hacia la cama mientras la besaba con un frenesí que desconocía en ella. Secretamente deseaba mantenerla con los ojos cerrados, pues temía enfrentarse con su frialdad y descubrir, en el culmen del deseo que algo no iba del todo bien.

-Eilín... -Gimió Alba en la cima del placer.- Te quiero...

La aludida se detuvo de pronto, como si un mar de hielo se hubiera colado por sus venas. Con una rapidez que desconcertó completamente a la joven esclava, le agarró con fiereza el cabello y le obligó a levantar la cabeza de su cuerpo. Alba gritó de dolor y se enfrentó por fin a aquella mirada dura y fría. Aún tenía sus manos en el cuerpo de la joven, pero esta parecía estar de pronto en otro lugar.

-Nunca te atreva a volver a pronunciar mi nombre, esclava. –Le espetó Eilín furiosa. A continuación dio un rápido manotazo para apartarla de ella, haciéndola gritar de nuevo, antes de soltarle los cabellos.- Y ahora fuera de aquí, maldita. –Se giró rápidamente y le dio la espalda.

Alba rompió a llorar, pero conociendo las bruscas reacciones de la joven, se bajó de la cama, cogió su sencilla túnica y salió de allí sin dejar de llorar.

Una furiosa Eilín se quedaba entretanto quieta y desnuda en su cama. Se maldecía una y otra vez por haber cedido a ese extraño deseo que le había llevado a exponerse de aquella manera ante una esclava, olvidando por completo las advertencias que tantas veces le había hecho su padre. Ahora se daba cuenta que tenía razón: que los esclavos les odiaban y que buscarían cualquier resquicio para atacarles e incluso matarles. Y aquella esclava buscaba su ruina. Sin duda quería embaucarla para irse de la lengua y poner su vida y la del hijo que llevaba dentro en riesgo. Pero, pensó a continuación, si lo ocurrido podía suponer su muerte, a la esclava la llevaría a la tortura.

-O es completamente estúpida –pensaba aterrada- o está tramando alguna brujería extraña. ¿Pedirá algo a cambio de su silencio?

Imposible saberlo. Eilín pasó por tanto aquella noche sin poder dormir debido a que su inquieta mente no paraba de darle vueltas al terrible lío en el que se había metido. Estuvo tentada en más de una ocasión de ir a por aquella esclava para tirarle de la lengua, pero temía por un lado que aquel fuera su plan y, por otro, que no tuviera ninguno y se enfadara poniéndolo en marcha. De manera que, asustada, se encogió en su cama y no se movió. Rezó a sus dioses para que todo aquello pasara y nadie llegara a enterarse nunca.

Tras el incidente, Alba se sumió en una profunda tristeza. No entendía la actitud de Eilín, tan suave y dulce cuando entrelazaban sus cuerpos, y tan cruel y arisca al momento siguiente. No pudo dormir apenas durante días, tratando de entenderla, tratando de superar las heridas que le infringía y, sobre todo, tratando de olvidarla. Se sentía tan enferma de dolor que no quiso volver a acompañar a sus compañeros a la ciudad. Estos insistieron durante dos días, pero al final la dejaron con su dolor y se fueron sin ella. Cuando regresaron y se la encontraron en la misma posición dolida de siempre, intentaron animarla contándole las novedades de la visita.

-¡Alba! –comenzó ilusionada una de las muchachas- ¡la mujer que vimos el otro día es la mismísima Daila, Gran Sacerdotisa de la Madre Tierra! ¡La hermana pequeña del rey!

A Alba la revelación no le produjo la más mínima impresión.

-Tanto ella como el viejo no pararon de preguntar por ti. Quieren que vallas a verlos

-Nos han prometido celebrar uno de los antiguos ritos de nuestros dioses para que lo veamos. ¿Vendrás con nosotros?

-No.

-¡Alba! –Suspiro una de sus amigas- ¿Qué te pasa?

-Nada… Quiero estar sola.

Insistieron durante un buen rato hasta convencerse que era inútil tratar de moverla de su amargura, por lo que decidieron dejarla en paz. Pensaron que, pasados unos días, olvidría a Eilín y recuperaría su antigua alegría. Ellos siguieron visitando la ciudad siempre que disponían de permiso y al volver, para animarla, le contaban todo lo vivido. Ella simulaba escucharles para no contrariarles, pero su dolor le impedía apreciar la emoción de sus compañeros.

-Quieren volver a verte. –Insistían los esclavos.

-Pues no voy a volver…

-¿Por qué?

Alba no contestaba. Ella sólo pensaba en Eilín, en su rostro, en su cuerpo, en la suavidad de su piel, en su desprecio y en su lejanía. Se sentía culpable de mil delitos, ignorados por ella, pero que sin duda le habían llevado a aquella situación. Eilín, se decía de forma machacona, no la hubiera desdeñado de aquella forma si ella no le hubiera hecho algo malo. El problema era que no lograba saber qué le había hecho exactamente, y se pasaba los días y las noches dándole vueltas a su cabeza sin lograr entenderlo. Finalmente, la desesperación le llevó a decidir hablar con ella e intentar “recuperarla”. Y para tan descabellado plan contaba con el collar que vio en aquel puesto de la plaza y que desde un principio pensó que realzaría los ojos color caramelo de su joven señora. Así, una mañana cogió el collar y se presentó de improviso y sin ser llamada ante la joven.

-Señora, -comenzó tendiéndole el collar con mano temblorosa- sé que te he ofendido, pero vengo a suplicar tu perdón…

Eilín vio su entrada y escuchó sus palabras con verdadero espanto. La osadía de aquella esclava le parecía una afrenta y, sobre todo, un grave peligro. Aquella loca estaba poniendo en evidencia algo que nadie debía saber pues la vida le iba en ello. La joven miró a Mairá que las miraba a ambas con su habitual aire inquisitivo, como si supiera todo lo que había ocurrido. Eilín se sintió expuesta y el terror se apoderó de ella. Instintivamente se llevó una mano al vientre, como si temiera que las fuerzas unidas de su esposo y su padre le arrancaran aquella criatura de las entrañas.

-¿Dónde has robado ese collar, maldita?

La explosiva y furiosa pregunta de Eilín paralizó a Alba por completo y no supo qué contestar.

-¡Responde esclava! –Insistió con violencia Eilín. Sus ojos echaban fuego y su rostro estaba completamente contraído.

-Señora… -tartamudeó Alba- yo no he robado nada… Lo compré para ti.

-¿Lo compraste? –Eilín sonrió con malicia. Su aterrada mente estaba tramando un plan apresurado para salir airosa de aquella comprometida situación.- ¿Una esclava tiene dinero para comprar una joya tan cara?

-No… Es decir… Me lo compró un viejo mendigo…

Alba fue consciente de pronto del lío en el que acababa de meterse. Deseo dar marcha atrás en el tiempo para que aquella situación no hubiera llegado a producirse nunca. Pero entendió que ya era demasiado tarde. Vio como una furiosa Eilín se acercaba a ella y le arrancaba el collar de la mano, rompiendo el sedal que unía las cuentas y destrozándolo por completo.

-¡¿Dónde lo has robado?! –Gritó mientras le daba un violento bofetón.

Alba se llevó la mano a la dolorida mejilla y se encogió sin saber qué decir.

-¡Mairá! –Volvió a gritar la enloquecida señora- ¡Llama a tres esclavos!... ¡Ya!

La esclava salió corriendo, no sin antes dirigirle a Alba una mirada reprobatoria. En el breve instante en que se quedaron a solas, frente a frente, Alba vio como Eilín la miraba con los ojos fuera de sus órbitas y los puños crispados. Tras destrozar el collar y abofetearla se había alejado de ella, volviendo a su parapeto de la ventana, pero sin dejar de mirarla. Parecía una leona a punto de saltar sobre su presa.

Por fortuna Mairá regresó rápidamente con tres esclavos. Formaban todos parte del grupo con el que Alba había visitado la ciudad y al ver a su amiga en aquella situación se quedaron pálidos y sin saber qué ocurría.

-¡Esta puta ha robado un collar! –Escupió con violencia Eilín- Y los esclavos que roban deben ser ejecutados.

Alba la miraba espantada. Su joven señora tenía la cara descompuesta y tensa. Ya no la miraba. Sus ojos, que echaban fuego, estaban clavados en los asustados esclavos que no se decidían a moverse.

-¡Sacadla de aquí de una maldita vez! ¡Llevadla al jardín y matadla! No me importa cómo lo hagáis… sólo quiero que me enseñéis su cadáver cuándo empiecen a comérselo los buitres… ¡Fuera de aquí todos!

Como si les hubieran pinchado, los esclavos reaccionaron y cogieron a Alba por los brazos. La sacaron de allí rápidamente, prácticamente arrastras. La joven estaba laxa. El dolor le impedía entender lo que le estaba pasando y su embotada mente intentaba desesperadamente ponerse en marcha. Ni siquiera era capaz de pensar que sus amigos la llevaban al patíbulo. Sólo podía pensar en Eilín llena de furia; en Eilín gritándole; en Eilín abofeteándola y arrancándole el collar que con tanta ilusión le había regalado.

-¡Alba!... ¡Por los dioses! ¡Despierta!

Alba recuperó la conciencia aunque se mantenía embotada. Vio como uno de sus compañeros la agitaba con fuerza por los brazos. Estaba asustado.

-¿Qué podemos hacer? –Gimió otro de los jóvenes.

-Ve a buscar a Bailos –le dijo el primero- él sabrá qué hacer.

El muchacho salió corriendo mientras el primer joven intentaba tener una conversación rápida con Alba.

-Hay que sacarte de aquí… ¡Por favor, reacciona! Te llevaremos con el mendigo… Te ha tomado mucho cariño y te ayudará a esconderte.

-¿Y cómo podrá esconderla en la cabaña que tiene? –Bailos había aparecido detrás de ellos, seguido por dos esclavas.- ¿Nos dará cobijo a los demás? Vamos a incumplir una orden del ama ayudándo a escapar a una esclava. Nos convertiremos en prófugos como ella.

-Dejadme sola… -Gimió Alba.- No os juguéis la vida por mí.

-De eso ni hablar... -Aseguró una de las jóvenes.- Nadie va a matarte. Si no hay más remedio seremos todos prófugos.

-¡Vámonos ya! –Ordenó Bailos.- Alba, tienes que reponerte. No podemos llevarte arrastras... levantaríamos muchas sospechas.

Conmovida por la decisión de sus amigos, Alba sacó fuerzas de flaqueza para reponerse muy a pesar de su dolor. Se enderezó aunque las piernas le temblaban y salió con ellos del castillo para encaminarse juntos hacia la plaza. Para evitar llamar mucho la atención, dieron una vuelta rápida buscando al mendigo, al que no lograron encontrar. Decidieron encaminarse directamente a la zona de la muralla donde se hacinaban las casas de paja en las que vivía. Allí tampoco lo encontraron. Les recibió Daila, la Suma Sacerdotisa de los antiguos cultos. Se alegró mucho al verlos y sin disimular, dirigió todas sus atenciones a Alba.

-¡Criatura! ¿Qué te ocurre?

-La señora Eilín la ha condenado a muerte. –Respondió uno de sus compañeros.

-Hemos huido con ella. –Le dijo Bailos.- Necesitamos escondernos. Cuando el ama sepa que no está muerta y que nos hemos fugado, mandará la guardia a por nosotros.

-¡Oh! –Exclamó emocionada Daila- ¡Sois benditos para los dioses! ¡Gracias, muchachos! ¡Gracias!

Sorprendentemente Daila comenzó a besarles a todos mientras sus ojos se llenaban de lágrimas. No entendían aquella extraña reacción, pero lo atribuyeron al celo de los sacerdotes en proteger a sus antiguos fieles.

-Aquí estaréis a salvo. –Aseguró la mujer en cuanto cesó de besarles.- Seguidme.

Cogió a Alba por la cintura, en un gesto claramente protector, como si temiera que se rompiera y con ella precedió al resto de jóvenes hasta una de las casas. Todos menos Alba sabían que allí vivía el mendigo.

La casa era un pequeño cuadrado con un jergón, un minúsculo hogar para cocinar y una estera para sentarse. Del techo colgaban algunas verduras que constituían la dieta del hombre. Daila se acercó al jergón y lo apartó. Escarbó levemente en la pared apartando unos pequeños bloques de barro y al instante apareció un agujero por el que cabía una persona arrastrándose.

-Construimos esta casa justo en el postigo de la muralla que da a la ladera de la montaña donde se asienta la parte norte de la ciudad. Los bárbaros tenían tanta prisa en poseer nuestra tierra y nuestras vidas que no se tomaron la molestia de conocer la totalidad de la ciudad que conquistaban. Seguidme y tened cuidado.

Se metió por el agujero y los jóvenes la siguieron uno por uno. Aparecieron en un estrecho camino por que el que sólo se podía caminar de lado y muy pegados a la montaña. El sendero descendía suavemente y durante unos minutos que les parecieron eternos, se fueron arrastrando mientras la muralla se iba perdiendo de vista. De pronto Daila se introdujo tras un árbol que, colgando sobre el precipicio, desafiaba al vacío y desapareció. La siguieron y descubrieron una grieta en la montaña por la que entraba una persona con bastante dificultad.

-Cuidado ahora. –Susurró Daila.- Es mejor que nos agarremos todos de las manos para evitar perdernos. Caminaremos en la oscuridad.

Obedecieron y se adentraron en una oscura gruta. La oscuridad era tan intensa que sus ojos no lograban acostumbrarse y el miedo comenzaba a apoderarse de ellos. Cuando ya pensaban que era mejor volverse apareció una débil luz en la lejanía. La siguieron y la luz creció, hasta que desembocaron en una inmensa bóveda subterránea con unas doce aberturas en su altísimo techo que dejaban pasar pequeños rayos de luz.

-Hemos convertido esta gruta en nuestro nuevo templo. –Dijo Daila con orgullo.- ¡Podéis salir! ¡Son amigos!.

Antes de que los jóvenes supiera a qué se refería, aparecieron cientos de personas. No sabían muy bien de dónde había salido, pero en un instante les rodearon con evidente curiosidad. Los jóvenes se asustaron y muchos temieron haber caído en una trampa, pero Daila disipó enseguida sus temores.

-Estos muchachos son nuestros nuevos amigos. Son esclavos fugados, como la mayoría de vosotros.

Los habitantes de la gruta se acercaron a ellos sonriendo y muchos se fundieron con los jóvenes en un emotivo abrazo.

XII

A pesar del odio que sentía por su señora, Mairá estaba sumamente preocupada por la situación en la que se encontraba la joven. Entró a su servicio cuando Eilín tenía 14 años y ya entonces era evasiva y fría. Tras su matrimonio forzado, su carácter taciturno se había agravado, pero desde el "incidente" con Alba, Eilín estaba completamente ausente. Cuando los esclavos se llevaron a la condenada, la señora volvió a su rincón de la ventana y allí se quedo prácticamente petrificada. Sólo se movía cuando tenía que hacer sus necesidades o cuando sentía sueño. A penas quería comer y no hablaba. Ante la apatía de la joven, la esclava esperó a que le pidiera ver el cadáver de la ajusticiada, pero las horas pasaban y no decía nada. Entonces intentó recordarle lo que para los bárbaros era un deber: ver muertos a los esclavos que les habían "ofendido".

-¡Vete! –Le gritó la joven sin mirarla y sin dejarle hablar.

Al segundo día sin que Eilín se decidiera a moverse, Mairá buscó por su cuenta el cadáver de Alba. Era algo que le repugnaba profundamente pero temía que alguien le pidiera cuentas a ella, dado que su señora estaba complemente ausente. Entonces se encontró con la increíble noticia de la desaparición de los siete esclavos. Corrió a informar a Eilín a la que encontró tan apática como la había dejado.

-¡Señora! –Se acercó a ella para intentar hacerla reaccionar.

-¡Vete! –Bramó la joven.

-Pero...

-¡¡Vete de aquí!!

Fue la mayor reacción de vida que vio en la joven. Tras ella, volvió a sumirse en el mutismo más absoluto. Mairá la dejó y se dedicó a cavilar qué demonios hacer. Eilín no quería escucharla ni hablar y ella, como la primera entre los esclavos, tenía una cierta responsabilidad con estos, Así que tras mucho cavilar, decidió avisar ella misma a la guardia del palacio, pues tenía miedo a que, si se descubría la fuga, Mairá fuera acusada de haberla favorecido, lo que la llevaría a la muerte.

Eilín no quería hacer ni decir nada. Una extraña pasividad se había apoderado de ella. Su mente se había cerrado, embotado y sólo vivía alrededor de una idea: la imagen de Alba, la preciosa Alba tendiéndole aquel collar, exponiendo ante Mairá y quizá ante más gente aquella extraña relación que se había iniciado entre ellas. Aún sentía el terror que aquello le produjo. Su vello se volvía a erizar como entonces pero de pronto venía a su cabeza una nueva imagen: tres esclavos se la llevaban mientras una voz que al parecer era la suya gritaba: "matadla", "matadla". Problema resuelto, se decía ahora... ¿O no? ¿Porqué se sentía ahora tan hundida? ¿Por qué su estómago se había agarrotado de aquella manera, produciéndole una angustia y un vacío insoportables? No sabía cómo responderse a todas aquellas preguntas, por lo que optó por aislarse, por plegarse sobre sí misma y olvidar…

Pero se vio obligada a recuperar la conciencia cuando recibió una tarde la inesperada visita de uno de sus hermanos, alcaide de la ciudad. El jefe de la guardia le había avisado de la huida de los esclavos de Eilín.

-¿Puedo saber porqué no has avisado a la guardia de la fuga de tus esclavos?

Aquella frase cogió por sorpresa a la joven. Primero porque hasta que oyó su voz, no había sido consciente de la llegada de su hermano y segundo, porque evidentemente, no sabía de qué le estaba hablando. Él, sin embargo, atribuyó su mutismo a su siempre estado de ausencia.

-¡Mujer estúpida e incapaz! ¡No puedes ni vigilar a tus propios esclavos!

-¡Déjame! –Respondió con desgana Eilín antes de volver a enfrascarse en el vacío de la ventana.

Su hermano se marcho, maldiciéndola una y mil veces, para preparar lo que se consideraba una "partida de caza" para capturar a los fugados. En cuanto desapareció, la joven pareció recobrar la vida y llamó a Mairá.

-¿Qué es eso de la fuga de los esclavos?

-Señora, he intentado decírtelo… -Mairá la miró con extrañeza y desconfianza. Eilín parecía furiosa, pero se mantenía pasiva y distante.- Se fugaron siete esclavos el día que condenaste a muerte a Alba.

Eilín frunció el ceño y la miró fijamente durante un instante que a la esclava le pareció eterno. Mairá sabía que la ausencia reiterada de la joven escondía algo más y que no tenía nada que ver con la estupidez que le achacaba el resto del mundo.

-¿Qué esclavos se han fugado? –Eilín comenzó a tener una idea que, sorprendentemente, le producía un inmenso alivio.

-Los que tenían que ejecutar a tu esclava, ella misma y otros tres.

-Entonces… -La joven volvió a hacer una larga pausa en la que intentó contener o al menos disimular la desconcertante alegría que empezaba a sentir- ¿está viva?

-Sí, señora. –Mairá frunció el ceño intentando descubrir el sentido de aquella pregunta.

La mirada curiosa e incisiva de la esclava siempre había molestado a Eilín, por lo que volvió el rostro de nuevo hacia la ventana, exiliándose de nuevo al silencio y la laxitud. Mairá esperó un buen rato por si volvía a recibir un nuevo comentario, una nueva orden o cualquier otra muestra de vida en aquel cuerpo. Pero finalmente se rindió a la evidencia y volvió a sus quehaceres. Sentía mucha curiosidad por lo que le ocurría a su señora. En otro tiempo, se decía, la visita de su hermano la hubiera hecho montar en cólera y la noticia de la fuga de los esclavos junto al no cumplimiento de sus órdenes hubiera echo estallar el impredecible volcán de su interior. Pero en lugar de eso, se había mantenido tranquila. Mairá se había dado cuenta de que, mientras se interesaba, como de pasada por Alba, un leve rubor había encendido sus mejillas.

Eilín era perfectamente consciente de la mirada curiosa e inquisitiva de Mairá, por eso se esforzaba más aún en parecer ausente y desinteresada. Por nada del mundo dejaría que Mairá descubriera el inmenso alivio que le había producido saber que Alba estaba viva. Ante todo por que ella misma era incapaz de entender porqué se sentía así y eso le producía una enorme inestabilidad. No sabía por que se sentía tan liberada, tan alegre, tan liviana… Lo único que sabía era que esos sentimientos no eran adecuados. Ninguno de los suyos tenía permitido el más mínimo sentimiento hacia los esclavos. Sabía que aquello podía suponer su muerte y sin embargo no podía evitarlo… No pudo evitar la terrible angustia que sintió cuando condenó a Alba a muerte y ahora no podía evitar sentir una inmensa alegría al saber que seguía viva. Se sentía desbordad y lo único que podía hacer era rezar para que su hermano no cumpliera su amenaza y lograra matar a Alba.

En otoño Eilín dio a luz a una preciosa niña que fue acogida por sus hermanos y su padre con evidente disgusto.

-Veo que ni siquiera eres capaz de parir un varón. –Le dijo su padre que, tras meses sin verla, se dignó a visitarla por fin durante unos leves minutos.

Aquellas desabridas palabras no tuvieron ningún efecto en la joven. Se aferró a la niña, el gran logro de su vida y la mayor alegría que había tenido. Su nacimiento hacía que su absurda existencia cobrada de pronto sentido.

XIII

La vida en la gruta era monótona y aburrida. La actividad cotidiana era asear el lugar y, en pequeños grupos, asistir a improvisadas escuelas dirigidas por cuatro sacerdotes supervisados por Daila, preparar la comida y hablar unos con otros. Una vez por semana se les permitía salir de la gruta y bajar a una pequeña cala en la que terminaba aquella ladera de la montaña. Allí podían esparcirse durante un par de horas antes de volver al encierro de la gruta.

Los primeros meses Alba se mantuvo ajena a todo. Su pena era profunda y prefería estar sola para llorar y amargarse sin molestar a los demás. Sus amigos, Daila y el mendigo la visitaban de tarde en tarde para intentar animarla respetando su dolor.

-Se recuperará poco a poco. –Les aseguraba el mendigo a los preocupados jóvenes.

Mientras Alba se recuperaba, sus amigos intentaban integrarse con el resto de personas que allí vivían. Eran como ellos, esclavos fugados que desde hacía tres años, habían ido llegando a la gruta, rescatados por Daila o el mendigo. Según decían todos, hacía tres años que el mendigo había aparecido en la ciudad como llegado de la nada. Nadie sabía quien era ni de dónde venía, pero se decía que Daila, la Suma Sacerdotisa de la Madre Tierra lo acogió en el barrio alto de la ciudad. Ella siempre había estado en la ciudad, pues tras la invasión, los bárbaros, supersticiosos por naturaleza, se limitaron a encarcelarla durante diez años, respetando su vida por temor a una "venganza divina". Cuando la dejaron libre estaba delgada como un esqueleto, pero con el espíritu intacto. Se reunió con los pocos compatriotas que seguían libres y que la aceptaron como su regente. La palabra de Daila, por tanto, era ley, y por eso, cuando acogió con tanta familiaridad al mendigo, todos lo aceptaron sin reservas ni preguntas. Al poco de llegar construyeron entre ambos la casa que tapaba el postigo y a continuación empezaron a rescatar a todos los esclavos que abandonaban a sus amos. Nadie preguntó cómo conocían aquella gruta y el camino que conducía al mar. Lo importante era que les salvaban y que ambos constituían una especie de "gobierno" dentro de aquel reino de bárbaros invasores.

Las continuas atenciones fueron animando poco a poco a Alba que empezó a hablar más y a comer más. El mendigo y Daila aprovecharon para acercarse más a ella. Ambos querían a toda costa que Alba asistiera a las clases junto con el resto de habitantes de la gruta, pero ella aún se mantenía apática.

-¿Qué puedo hacer por ti para que te sientas mejor? –Le preguntó en una ocasión el mendigo.

Ella se encogió de hombros y evitó responder. Él insistió. Alba, por fin, tragó saliva y le miró a los ojos. El mendigo sonreía y esperaba.

-Bueno... -Comenzó la joven.- Quizá sí que podías hacer algo...

-Lo que sea...

Alba no se decidía. Le miraba con ansiedad. El anciano sonreía y le animaba a continuar. Por fin, la joven se sintió segura y continuó.

-Podrías... -Se detuvo de nuevo dudando.- Podrías –repitió- averiguar cómo se encuentra la señora Eilín...

-¿Eilín? ¿La hija del rey? ¿La mujer que decretó tu muerte?

-Sólo quiero saber si está bien... si es feliz... -Alba se sentía incómoda con los comentarios sarcásticos del hombre.

-Bien, bien... Preguntaré por ella, tranquila. Sólo quiero que entiendas tu situación.

-¿Qué situación?

-A veces amamos a personas que no nos merecen; Personas que no tienen corazón y que no nos aman... como Eilín.

Con amargura, Alba bajó la cabeza intentando que él no viera sus lágrimas. Pero el mendigo sí las vio. Acarició su cabeza para intentar calmarla.

-Iré a la ciudad e investigaré cuanto pueda... Pero quiero que a cambio hagas algo por mi.

Alba le miró desconfiada.

-Quiero volver a verte viva y, sobre todo, quiero que estudies como el resto.

-¿Para qué? ¿Por qué os empeñáis Daila y tú en que estudiemos tanto?

-Porque necesitamos recuperar las antiguas tradiciones... nuestras leyes.

-Pero, ¿por qué? –Insistió Alba.

-Para que todos estemos preparados... Y ahora me voy... Se hace tarde para subir a la ciudad.

Antes de darle tiempo a la joven para contestar, el anciano salió de la cueva, dejándole, como era habitual, mil preguntas en la cabeza. No obstante, a pesar de sus misterios, cumplió con lo prometido y se recorrió el mercado en busca de noticias sobre Eilín. A parte de ser un lugar en el que se compraba y se vendía todo, era el mentidero de la ciudad donde se destripaban las últimas noticias de todos los habitantes del reino. Allí descubrió que la joven había dado a luz a una niña y que se recuperaba poco a poco de la maternidad en sus habitaciones del palacio. Nada más pudo averiguar ese día, y con tan parcas noticias acudió al día siguiente a Alba que quedó ávida de más historias sobre Eilín. Deseó salir corriendo de la gruta, ir al palacio real y acercarse a ella para volver a verla, para intentar volver a tocarla y besarla. Bajó la mirada para que el mendigo no se diera cuenta de su desazón, pero él parecía ser capaz de desnudar su alma y la miraba con una sonrisa medio sarcástica medio comprensiva que a la joven le molestaba especialmente.

-Gracias. –Le dijo finalmente- Al menos sé que está bien.

-Por ahora…

-¿Qué quieres decir? –Alba se alarmó.

-La guerra en el norte continúa y tu Eilín aún puede respirar tranquila, pero en cuanto vuelva su marido y vea que en lugar de un varón legítimo tiene una hija, quizá las repudie a las dos… Los bárbaros no son como nosotros y no tienen en gran estima a sus mujeres… Y mucho menos a sus hijas.

-¿Y qué podría pasarles?

-Probablemente llevarían a Eilín a algún lugar apartado para que viviera sola con su hija… -El anciano no le dijo a Alba lo que realmente se comentaba en la ciudad: que a su vuelta de la guerra, el señor acabaría matando al rey para hacerse con el trono. Una vez asesinado el suegro, quizá Eilín y su hija corrieran la misma suerte. Vio el espanto en los ojos de Alba y agradeció haberse callado a tiempo. De haberle contado esto último nada ni nadie hubiera detenido a la joven en su empeño de salvar a su antigua señora. Aún así, fue consciente de la ansiedad de Alba e intentó frenar sus juveniles impulsos.- No puedes ayudar a quien no desea ser ayudado. Recuerda que esa mujer no quiere otra cosa de ti que tu muerte… Olvídala de una vez y empieza a vivir la maravillosa vida que te espera. Eres joven, eres hermosa y si tú quieres, todas las posibilidades de la vida se abrirán ante ti. Estudia y prepárate para lo que está por llegar.

-¿Qué está por llegar? –Alba estaba muy sorprendida por la enorme capacidad de analizar su alma que parecía tener aquel hombre e intentó desviar la conversación. Hacía tiempo que no sentía el más mínimo interés por las medias frases y los misterios de aquel hombre, pero ahora quería hablar de otra cosa que no fuera Eilín; su amada Eilín.

Pero el mendigo no parecía dispuesto a seguir hablando con ella. Se levantó y le dio una palmadita en el hombro.

-Hazme caso, Alba: ponte en manos de nuestros sabios y estudia… En el futuro, cercano o lejano, quizá puedas lograr todos tus sueños y lo harás con mayor sabiduría y fortaleza.

-¿Volverás a preguntar por ella? –La pregunta de la muchacha estaba cargada de súplica y ansiedad.

-Lo haré si me haces caso.

Y sin esperar la respuesta de Alba se fue. Ella se quedó mustia y resignada a hacer caso a aquel misterioso hombre que prometía pequeñas dosis de noticias a cambio de unas cuantas horas de estudio al día. Su deseo de saber de Eilín era tan intenso que, finalmente, acató la voluntad del viejo y se zambulló en las viejas leyes y tradiciones del desaparecido reino.

Cuando el invierno entraba en su recta final los esclavos de la gruta tuvieron una novedad en la forma de un joven esclavo de unos veinte años que llevó Daila a la gruta. Hacía semanas que no llegaba un nuevo fugado y aquello les animó. Pero Daila les indicó con un gesto que aquella incorporación era diferente.

-Venid todos. –Les dijo mientras mantenía una mano en el hombro del joven.- Quiero que os sentéis frente a nosotros.

Aquello era sorprendente. En lugar de pedirles que dieran la bienvenida al muchacho, les hacía sentarse frente a ellos. Obedecieron sin rechistar, comidos por la curiosidad.

-Este joven se llama Caol y es, como vosotros, un esclavo fugado.

-¡Bienvenido!

Dailá contuvo la debida celebración de bienvenida y con un gesto les pidió a todos que esperaran y escucharan.

-Caol no viene solo... le acompaña otro esclavo de su casa, amigo suyo. Él espera en la ciudad la decisión que tomemos todos sobre si debe quedarse con nosotros o no... Es bárbaro.

Un murmullo de desaprobación se desparramó por el círculo. Si bien todos los habitantes del reino que sobrevivieron a la invasión fueron esclavizados, también algunos bárbaros de clase humilde habían acabado en esa situación. El motivo era la miseria y la imposibilidad de pagar las deudas que contraían. El pobre desgraciado que contraía una deuda con un compatriota rico la pagaba, o bien con su propia libertad, o bien con la de sus hijos. De esta manera, en muchas casas coincidían esclavos de ambas naciones pero se evitaban y procuraban no tener relación entre ellos. El odio, la desconfianza mutua y la prohibición de mantener la más mínima relación, construyó entre ambos grupos un muro que a lo largo de los años se volvió infranqueable. Cuando un bárbaro y un oriundo del reino se unían de alguna manera, bien como amigos o como amantes, eran despreciados y rechazados por ambas naciones, quedando condenados al ostracismo y a la miseria más absoluta en el mejor de los casos, es decir, cuando uno de ellos era un hombre bárbaro. Si ambos eran esclavos o una de ellas una mujer bárbara, ambos eran ejecutados, ya fueran amigos o amantes. Los oriundos del reino, aunque la pena de muerte la consideraban brutal, rechazaban casi con idéntica fuerza aquellas uniones. Por ello, lo que pretendía aquel joven era una infamia y así se lo hicieron saber.

-Pero es mi amigo. –Protestó el joven.- ¡Jamás nos haría daño!

-¿Cómo puedes decir que eres amigo de un bárbaro? ¡Los bárbaros no tienen amigos!

-¡Por todos los dioses! –Volvió a protestar el joven- ¡Es un esclavo como nosotros y ha sufrido igual que nosotros!

-¡¿Cómo te atreves a decir eso?! ¡¿Ellos han sufrido?! ¿Acaso no nos invadieron? ¿Acaso no nos han torturado, humillado, asesinado y esclavizado? –Uno de los habitantes de la gruta se levantó furioso agitando su puño de forma amenazante.

Avergonzado, el joven bajó la mirada y comenzó a llorar en silencio. Alba se conmovió. Aquello no le resultaba tan ajeno y comenzó a pensar en Eilín y en lo que hubiera ocurrido si Eilín la amara. Ella jamás la hubiera dejado a pesar de los prejuicios y los odios. Si Eilín la hubiese amado nada ni nadie en este mundo la hubiera apartado de ella. Por eso se enfureció al ver el odio de sus conciudadanos, que se habían lanzado a despotricar como lobos hambrientos, y el dolor de un pobre muchacho que sólo quería salvar de la muerte a un amigo querido. Sin saber lo que hacía se levantó como un resorte dispuesta a hablar. Al verla Daila pidió silencio agitando con energía sus brazos.

-Silencio, por favor... Alba quiere hablarnos. -Y cuando logró que los enfurecidos habitantes de la gruta dejaran de gritar, le tendió la mano a la joven- Ven aquí, Alba.

La joven parpadeó perpleja. Ni a ella ni al resto les pasó desapercibido el trato de favor de Daila hacia ella. Sin embargo, no era la primera vez, pues tanto el mendigo como ella mostraban sin tapujos su favoritismo hacia Alba. Esta se sentía incómoda, pues notaba las suspicacias de sus compañeros, e intentaba eludirlos. Pero ahora se había puesto de pie y la Suma Sacerdotisa, la máxima autoridad para los habitantes del reino, le pedía que se pusiera a su lado para hablar, algo que constituía un gran honor para cualquiera, pero que al evidenciar las preferencias hacia la joven, molestaba al resto. Así que se movió entre el círculo de sus compañeros sentados y se puso al lado de Daila. Al principio pensó que había cometido un error al levantarse, pero pronto venció sus temores y comenzó a hablar con la fuerza de su ira.

-Vengo de una pequeña aldea del este, como muchos sabéis. Desde niña se me enseñó que tenía que correr en cuanto oyera llegar a los soldados. Desde niña vi sus abusos y el dolor que causaban... Y desde niña vi que ese terrible dolor lo compartíamos con unas cuantas familias de bárbaros que eran tan pobres como nosotros y que vivían tan humillados como nosotros. Ellos compartían nuestra miseria, pero en lugar de unirnos contra los soldados, permanecíamos separados, odiándonos los unos a los otros. ¿No os parece absurdo?

-¡Claro que no! –Gritó uno- Ellos nos invadieron, asesinaron a nuestras familias y nos convirtieron en esclavos.

-¡Son unas alimañas! ¡Esos de los que hablas formaron parte del ejército invasor! ¡Que los suyos se olvidaran de ellos no los hace mejores!

-¿Todos son alimañas? –Preguntó de pronto Alba intentando hacerse oír por encima de los griterios de sus compañeros.- ¿De verdad ninguno de vosotros os habéis preguntado una sola vez si ese bárbaro que tenías delante, en vuestras aldeas o en vuestro trabajo de esclavos no podía ser un amigo?

-¡Jamás! –Aseguró una mujer.

-Nuestras tradiciones hablan de paz, de concordia, de comprensión. –Insistió Alba.- Vosotros las estudiáis y predicáis lo contrario: muerte, venganza y separación. Ellos nos invadieron y vosotros os mantenéis en la rabia y el odio. ¿Tan difícil es intentar confiar en una sola persona? ¿O es más fácil ser como ellos?

Un incómodo silencio convirtió el ambiente de la gruta en plomizo. Las palabras de Alba les habían molestado, pero encerraban tanta verdad que nadie se atrevía a discutirlas.

-Dadle una oportunidad al amigo de Caol. Dejad ya de revolcaros como los cerdos en el rencor e iniciemos una nueva etapa.

-¿Y para qué servirá esa nueva etapa? –Protestó alguien.

-Para avanzar, simplemente.

La rápida y desconcertante intervención de Daila les conmocionó.

-¿Tú apoyas esta locura Suma Sacerdotisa?

-Sí.

Se miraron unos a otros irritados. Sin hablar se dieron cuenta que todos pensaban que su Daila estaba hechizada de alguna forma por aquella bonita joven de ojos acaramelados que permanecía la mayor parte del tiempo enfrascada en sus cosas, pero que ahora se atrevía a desafiarles. Sin duda Daila no estaba en sus cabales, pero nadie osaba desafiarla, así que aceptaron de forma tácita la entrada de aquel bárbaro en sus vidas. El joven Caol, al verlo, se arrodilló llorando ante la asombrada Alba y le besó en la mano.

-Levántate, por favor. –Le suplicó ella.- No tienes por qué hacer esto.

-Voy a buscar a tu amigo, Caol. –Le dijo Daila con suavidad, mientras miraba a Alba con una intensidad que hizo que se ruborizara hasta las orejas.

La joven quería preguntarle porqué la trataba de esa forma tan especial, pero la Suma Sacerdotisa desapareció enseguida de su vista, dejándola con un emocionado Caol y con el resto de habitantes de la gruta irritados y ofendidos.

En el sur el invierno no era demasiado duro y la primavera llegaba casi a mediados de marzo. En cuanto las temperaturas mejoraron y Eilín se fue sintiendo mejor, decidió, para sorpresa de todos, que quería salir a visitar la ciudad en litera. Todos los que la conocían pensaron que se había vuelto loca tras el parto, pues hasta ese momento parecía clavada al suelo de su habitación. Ella misma no era plenamente consciente de los motivos que la llevaban a desear aquellos paseos que acabó convirtiendo en regulares. Sobre una litera que portaban cuatro esclavos se internaba por las calles más bulliciosas de la capital sin cerrar las cortinillas. A su lado andando iba siempre una suspicaz Mairá, que no le quitaba el ojo de encima mientras la joven alargaba el cuello intentando observar todo cuanto se desarrollaba ante sus ojos. A la esclava, a pesar de la pequeña tropa que hacía de escolta, aquellos paseos le parecían peligrosos, teniendo en cuenta la gran cantidad de gente que poblaba aquella ciudad. Eran personas, la mayoría sin recursos y sin nada que perder si en algún momento decidían atacar a aquella joven bárbara que realizaba con tanto descaro una clara ostentación de su riqueza. Tampoco ayudaba el creciente ambiente de miedo que la proximidad de la guerra generaba. Se sabía que los bárbaros del norte estaban poniendo en serias dificultades a los defensores del padre de Eilín, y aunque el marido de esta lograba mantenerlos a raya, se decía que su ejercito empezaba a flaquear. El rumor principal era que había que huir de la ciudad, a pesar de que los soldados que aún quedaban se esforzaban en impedirlo.

-Maldita niña tonta. –Pensaba Mairá cada mañana que abandonaban la seguridad del palacio- ¿No se da cuenta del peligro que corremos?

La nueva rutina de Eilín llegó a oídos del mendigo que corrió a contárselo a Alba. La luz que se reflejó repentinamente en los ojos de la muchacha le dio a entender que contárselo no había sido una buena idea. En efecto, Alba pensó inmediatamente en salir de aquel agujero para correr a la ciudad al encuentro de Eilín.

-¿En qué piensas? –Interrogó frunciendo el ceño el viejo.

-En nada. –Alba desvió la mirada y evitó contestar.

-No irás a hacer ninguna tontería, ¿verdad?

-No sé a qué te refieres.

-Sí lo sabes. Y también sabes que es peligroso abandonar esta gruta. Los bárbaros están muy entretenidos con su guerra, pero no por eso pienses que se han olvidado de todos los esclavos fugados. Ahora más que nunca están furiosos y si encuentran a uno solo lo descuartizarán para dar ejemplo.

Alba no contestó porque no le estaba escuchando. Su loca mente estaba trazando un plan para salir de allí e ir a la ciudad al encuentro de su amada Eilín. Sin embargo, cuando el anciano acabó su discurso, ella se dio cuenta e instintivamente asintió con la cabeza, tranquilizándole. Él le dio una palmadita en el hombro y se fue creyendo que la joven sería sensata y no abandonaría aquel lugar.

Pero Alba esperó su oportunidad, que llegó en un par de días. Los sacerdotes decidieron enseñar a los habitantes de la gruta la contemplación del silencio para poder estar más cerca de los dioses. Todos llegaron a entrar en un estado de completa abstracción y Alba se escabulló aprovechando que ni Daila ni el anciano, que solían ser más suspicaces, estaban con ellos. Corrió a la ciudad para adentrarse por las calles que el anciano había descrito como recorrido frecuente de Eilín y callejeó durante varias horas sin resultado, luchando con la marea humana que dificultaba su avance.

Por fin, y sin darse a penas cuenta, al girar una esquina se encontró con la litera a unos cuatro pasos. Se detuvo sin saber qué hacer mientras que Eilín, que también la vio, daba la orden de detenerse. Mairá se asustó al darse cuenta de la presencia de Alba. La joven entendió de pronto el lío en que acaba de meterse. Sin duda, pensó, Eilín daría la orden de capturarla y, de nuevo, de matarla. Alba comprendió que se acaba de meterse en un lío y había cometido un grave error. Pero Eilín, que la miraba ceñuda, no se decidía. Apretaba los dientes mientras su mente giraba a una velocidad tal que no podía aclararse con sus pensamientos. Sólo reaccionó cuando uno de los soldados, enfado por aquel extraño parón, se acercó a la litera.

-¿Qué pasa? –Los bárbaros no solían ser delicados con las mujeres aunque fueran de clase alta.

-Esa mujer de ahí, -señaló a Alba, que al ver aquel dedo acusador tembló. Miró en todas direcciones para ver cómo podía huir, pero se dio cuenta que el soldado también la mirada y la huida era poco menos que imposible- no lleva brazalete de esclava…

-Ya… -respondió con desgana el soldado- ¿Y qué?

-Quiero que me la traigas. Quiero que sea mi esclava.

El soldado hizo una mueca de desagrado. Como todo el mundo, pensaba que aquella mujer era una niña malcriada y tonta. Sin embargo, era la hija del rey y tenía el deber de cumplir con sus caprichos, así que, sin decir nada, se acercó a Alba. Mientras él se iba, Mairá miró a Eilín con los ojos abiertos como platos. La joven evitó su mirada y se centró en la llegada del soldado a la altura de Alba.

En cuanto el soldado estuvo lo suficientemente cerca de Alba como para gritarle, la llamó.

-¡Tú, basura!. ¡Ven conmigo! La hija del rey te ha elegido como su esclava.

Alba abrió los ojos como platos sin entender. El soldado, harto de tantas dudas, la agarró por la túnica y se la llevó sin contemplaciones hacia la litera. Cuando estuvo cerca de Eilín esta le dirigió una rápida mirada evasiva y furiosa, pero no le dijo nada.

-Volvamos a palacio. –Ordenó ante el disgusto del soldado, que regresó a su sitió refunfuñando por los repentinos cambios de idea de la joven.

En el palacio real, Alba volvió a vivir lo que un año antes había vivido en el castillo de su aldea: su "conversión" en esclava a través de la colocación del brazalete que la identificaba como tal. Sus antiguos compañeros, que la conocían, la miraban con desconfianza, pero no se atrevían a decir nada. Ella era una esclava fugada y ahora volvía con ellos viva y como si fuera una nueva esclava.

Cuando estaban acabando de ponerle el brazalete, Mairá llegó al cubículo de los esclavos.

-Hola. –Saludó secamente a la joven.

-Hola. –Alba le respondió de igual forma, mientras intentaba descubrir lo que escondía su intensa mirada.

Mairá se acercó a ella para poder hablar en voz baja.

-¿Estás loca? ¿Cómo se te ocurre volver a aparecer?

Alba no contestó, pues no sabía qué decirle. Mairá tenía razón: había cometido un gran error.

-No sé lo que trama esa niña tonta, –Continuó Mairá- pero ten por seguro que no vas a salir airosa de esta. –Se apartó de ella y elevó el tono de voz.- Tu señora te espera, esclava.

Alba obedeció, evitando su mirada. Arrastrando los pies fue hacia los aposentos de Eilín, con el corazón saltando en el pecho. Ansiaba volver a estar con ella, pero una vocecilla interior no paraba de decirle que corría peligro. Y nada más entrar en la habitación, confirmó estos temores. Una furiosa Eilín se abalanzó sobre ella, blandiendo la vara con la que los bárbaros golpeaban a sus esclavos. Pilló a Alba desprevenida y le golpeó con furia el rostro, abriéndole la piel.

-¡Maldita y sucia puta! –Le gritó.- ¿Creías que podías huir de nuestra justicia? –Eilín cogió impulso para volver a asestarle otro golpe. Pero para este Alba ya estaba preparada y le sujetó con fuerza el brazo.

-No volverás a golpearme nunca más.

Eilín enrojeció de ira. Intentó soltarse, pero Alba la sujetaba con fuerza.

-¡Suéltame, maldita! –Bramó la joven.- ¡¿Cómo te atreves?! ¡Si no me sueltas, gritaré y vendrán los soldados para matarte!

-¡Grita si quieres! ¡Qué vengan los soldados y así podrás saciar tu sed de sangre, maldita bárbara!

La joven señora la miró asombrada. Estaba furiosa y pensó en gritar, tal como había amenazado, pero algo en su fuero interno se lo impedía. Se imaginó a Alba torturada y desmembrada, y la imagen le produjo un profundo malestar. Se dio cuenta enonces que, en el fondo, no quería verla muerta, así que, en lugar de gritar, volvió a forcejar con ella para intentar librarse de la prisión de su mano.

-¡Suéltame, maldita!

-¡No hasta que sueltes esa vara!

-¡Puta desvergonzada! –Eilín intentaba mantenerse firme, pero la repentina fuerza de Alba estaba consiguiendo atemorizarla.- ¡Te daré con ella el castigo que mereces por fugarte!

El forcejeo entre ambas logró alterar el plácido sueño de la hija de Eilín, que dormía en una cuna situada cerca de la cama de su madre. Asustada, la niña rompió a llorar, llamando la atención del Alba, que desvió hacia el bebé la mirada. Al ver cómo giraba el rostro hacia su hija, Eilín se sintió dominada por un terror repentino. De pronto afloraron a su mente cientos de historias oídas a lo largo de toda su vida sobre los "malditos" esclavos, capaces de torturar y matar a los hijos de sus amos por venganza o sólo por mero placer.

-Los esclavos nos odian. –Recordó haber oído en todos los días de su existencia- Y son capaces de hacernos el mayor daño posible a través de nuestros hijos. Muchos niños han desaparecido y han muerto en sus manos.

-¡No mates a mi hija! –Soltó de pronto la joven.

Alba la miró anonadada. Vio sus preciosos ojos color caramelo completamente aterrados, llenándose de lágrimas y sintió que sus piernas flaqueaban. El miedo de Eilín le dolió muchísimo, más que todos los golpes y desprecios recibidos de ella. Sintió un inmenso deseo de llorar y con un terrible nudo en la garganta le soltó el brazo. Al sentirse libre, la joven señora corrió a la cuna para coger a su hija en brazos para protegerla de aquella mujer que le producía tantos sentimientos contrapuestos.

-Yo no soy un monstruo sediento de sangre como vosotros. –Balbuceó Alba, intentando contener el llanto, mientras veía como una temblorosa Eilín abrazaba y besaba a su bebé. Sintió, además del dolor un golpe de envidia, pues acababa de descubrir que la fría e hierática Eilín tenía sentimientos, pero ni los había tenido, ni jamás los tendría por ella. Para ella era una simple y vulgar esclava y, como el resto de los bárbaros, la odiaba y la despreciaba. Agachó la cabeza y, arrastrando los pies, se dispuso a salir de aquel lugar. Había vuelto a ver a su adorada Eilín para descubrir, por fin, cuanto la despreciaba.

-¿Qué haces? –Interrogó Eilín entre lágrimas.

Alba no contestó. Agarró el pomo de la puerta con la intención de irse.

-¡¿Dónde se supone que vas, esclava?!

-Ni es asunto tuyo ni yo soy tu esclava. –Alba por fin respondió llena de rabia aún luchando con el llanto.

-¿Es que quieres que te maten, estúpida?

-Si muero no volverás a temer por la vida de tu hija. –Alba atravesó definitivamente el umbral y desapareció.

Tras ella se quedó una desconcertada Eilín. Su hija había dejado ya de llorar, pero ella no podía dejar de sentir aquel miedo irracional por la niña. Durante un buen rato no se movió, intentando calmarse. Cuando lo logró sintió un repentino ahogo en el pecho. Dejó a la niña en la cuna y movida por un extraño impulso salió al pasillo. Mairá regresaba en ese momento del cubículo de los esclavos y se sorprendió al ver a la joven tan descompuesta.

-Dile a la esclava de las manos mágicas que vuelva… Aún no he acabado con ella.

-La he visto salir… -Mairá dudó. Había visto a Alba pasar al lado del cubículo de esclavos llorando y con paso rápido. Pensó que Eilín se había cansado de ella y que se había ido a llorar a algún rincón del palacio, pero ahora caía en la cuenta que quizá hubiera vuelto a fugarse. Se ruborizó asustada. Eilín pareció captar su miedo.

-¿Dónde ha ido?

-No lo sé, señora… -Mairá empezaba a asustarse.

-¡¿Y qué esperas para ir a buscarla?! –Eilín estaba furiosa- ¡Corre!

Mairá obedeció y salió lo más rápido que pudo, pero antes de poder dar dos pasos, Eilín la llamó. La esclava volvió. Su señora tragaba saliva y parecía estar muy nerviosa. Al llegar a su altura, la joven se inclinó sobre ella para poder hablarle en voz baja.

-Ni se te ocurra avisar esta vez a los soldados… Si lo haces, yo misma te estrangularé.

Alba volvió llorando al barrio de los esclavos y desde allí a la gruta donde la esperaban nerviosos sus compañeros, sobre todo el mendigo y Daila, que la habían buscado por toda la ciudad. Al verla llegar la abrazaron con fuerza, aliviados por su regreso.

-No vuelvas a hacer esto nunca más. –Suplicó Daila entre lágrimas.

-¿Qué te ha pasado en la cara? –Preguntó el mendigo mientras le pasaba los dedos por la mejilla cubierta de sangre ya seca.

Alba no podía contestar. Lloraba sin consuelo, recordando el golpe de Eilín, el terror de Eilín; el odio de Eilín. Y sobre todo lloraba por su propia estupidez al haber arriesgado su vida y la de sus compañeros por un amor absurdo que sólo le importaba a ella.

XV

Desde que Mairá le dijera que Alba había vuelto a huir, Eilín estaba nerviosa e irritada. Su rigidez habitual se había transformado en un ir y venir inquieto por la habitación, que sólo se calmaba cuando abrazaba a su hija. Mairá la miraba desconcertada sin saber qué hacer con ella. Por fortuna, la tensión que tenía no la pagaba con ella. Se limitaba a dar mil vueltas alrededor de la habitación, mirando al suelo y suspirando.

Se pasó así varios días, hasta que un soldado le anunció la inminente vuelta de su esposo. La guerra, al parecer, no iba bien y se veía obligado a regresar para lograr más tropas y comida. Esto la puso mucho más nerviosa todavía, pues sentía terror ante la reacción de su marido al saber que tenía una hija. Por fortuna él no pudo quedarse mucho tiempo, pues el rey le exigía que volviera cuanto antes al frente para acabar de una vez por todas con la revuelta del norte. El poco tiempo que permaneció en la capital, el marido de Eilín pasó los días reorganizando su ejército y las noches en alguno de los muchos burdeles de la ciudad.

A pesar de no llegar a verle, su presencia aumentó la ansiedad de la joven. Un enorme nudo le oprimía el pecho y sólo pensaba en la posibilidad de que aquella bestia se presentara de nuevo en su dormitorio. Sólo respiró aliviada cuando supo una mañana que volvía al frente. A partir de ese día sintió que se quitaba un peso de encima, pero no logró liberarse de la tristeza. Se preguntaba día tras día por qué estaba tan triste, porqué el ahogo de su pecho no se iba y, sobre todo, porqué luchaba con todas sus fuerzas para evitar no pensar en Alba.

Se pasaba el día entregada a su hija, pero cuando esta dormía, el sueño se le mostraba esquivo mientras los recuerdos le asaltaban: las manos de Alba sobre su piel, sus labios, sus ojos, la suavidad de su piel… Tenía que obligarse a pensar en otra cosa, evitar a toda costa aquellos recuerdos inconvenientes… Pero los recuerdos eran tozudos y acababan volviendo. Un día comenzó a maldecirse por haber logrado encontrarla y haberla dejado ir. Recordó entonces los ojos tristes de Alba cuando la acusó de querer matar a su hija y sintió en lo más profundo de su ser un dolor inmenso que la mortificaba. Entonces decidió que quería volver a verla. No sabía para qué ni lo que pensaba conseguir con aquel nuevo encuentro, pero una fuerza irresistible la cegaba por completo: quería verla y punto.

Durante días pensó en cómo podría hacerlo, sintiéndose cada vez más y más frustrada, pues ni sabía dónde estaba Alba ni cómo podía empezar a buscar. Por fin, cuando estaba a punto de rendirse, oyó una conversación entre Mairá y otra esclava sobre un joven que meses atrás había intentado fugarse. Mairá lo había descubierto antes de que pudiera lograrlo y, para salvarle la vida, lo acusó de desobediencia, delito que era castigado con cincuenta latigazos. Así, decía Mairá a su interlocutora, se lo pensaría dos veces antes de volver a intentar escaparse.

-¿De qué esclavo habláis? –Eilín interrumpió la conversación, provocando el espanto y el terror de Mairá. Si su señora descubría que había salvado la vida de un esclavo que intentó fugarse, su propia vida peligraría. Sin embargo, Eilín no parecía mostrar ira, sino curiosidad.

-Se trata de Póracos... Intentó huir y yo lo descubrí... -Mairá intentó justificar.- Mandé que lo azotaran en vez de matarlo porque... creo que no se puede desperdiciar el trabajo de un esclavo...

-Quiero verlo. Tráemelo.

Se volvió a sus aposentos mientras Mairá miraba con incredulidad a la otra esclava. ¿Qué tramaba aquella chiquilla enloquecida?. Imposible saberlo, así que sólo le quedaba hacer lo que le pedía, por lo que fue a buscar al joven.

-Señora... -Anunció Mairá en cuanto entraron en los aposentos de Eilín.- Este es Póracos.

Eilín miró largo rato al joven con interés sin decir nada. Estaba con su hija en brazos, sentada como siempre frente a la ventana.

-Vete y déjanos. –Ordenó finalmente a Mairá.

La esclava obedeció y abandonó la habitación. Eilín esperó a que cerrara la puerta.

-Me han dicho que has intentado huir. –Comenzó cuando se dio cuenta que estaban solos.

El joven esclavo la miró asustado. Aquello, a pesar del tono tranquilo de Eilín, le sonaba a trampa. Sabía que ella no se había enterado de su intento de fuga y si ahora le contestaba afirmativamente sin duda le llevaría a la muerte. Eilín esperó un poco para recibir una respuesta y en cuanto vio que esta no llegaba, continuó hablando.

-¿Y si yo te ayudara a huir?

Aquella pregunta sí que sonaba a trampa, pensó él. Sabía que su señora era cruel. Sabía que se aburría y pensaba que quizá estuviera buscando un nuevo juego con el que "matar" el tiempo. Sin duda, él era el juguete.

-Pero... -continuó Eilín ignorando sus duda- si lo hago, tú tendrás que hacer algo por mí.

El hombre abrió los ojos como platos. Estaba desconcertado y no sabía qué podía contestar para no meterse en un gran lío. Pero ella no estaba dispuesta a perder el tiempo. Ya se había arriesgado demasiado y siguió adelante.

-¿Eres del Este?

-Sí, señora.

-Entonces conoces a Alba, ¿verdad?

El esclavo se mantuvo terco en su silencio. Había oído comentarios incómodos sobre el "juego" que Eilín mantenía con la pobre Alba. Se decía entre sus compañeros que la había manipulado para convertirla en su amante, y una vez se cansó, la condenó a muerte de forma cruel.

-Sí, la conozco. –Respondió finalmente con desgana.

-Pues, si yo te dejo huir, tú debes prometerme que hablarás con ella y le dirás que quiero verla.

-Pero yo no sé dónde está Alba. –Protestó el joven.

-Se lo que se dice por ahí. –Eilín se irguió molesta por las reticencias del joven.- Dicen que los esclavos se están agrupando, para matarnos, en algún lugar de la ciudad… Y a ese lugar van todos los que huyen de sus amos.

-Yo no sé nada de eso… -Respondió el joven intranquilo.- Ni siquiera sé si la veré.

-Pero si la ves, ¿juras darle mi mensaje?

El joven esclavo no podía fiarse a pesar de la aparente expresión sincera de su señora. Ella era una bárbara y eso ya era peligroso de por sí. No podía querer su libertad, se decía, pues los bárbaros les odiaban y sólo deseaban matar a los oriundos del reino. Por otra parte, ¿qué extraño interés tenía aquella mujer en Alba? Había jugado con ella, sí, pero ni siquiera la hija del rey podía tener un o una amante entre los oriundos del reino. Aquello, si se sabía, la llevaría a la muerte. Póracos ya había oído muchas historias de bárbaros, hombres o mujeres, decapitados por haber mantenido relaciones con esclavos. ¿De verdad Eilín se arriesgaría a eso?

-¿Lo juras por tus dioses? –La insistencia de la bellísima joven le obligó a salir de sus pensamientos y volver a la realidad.

Vio el brillo ansioso de sus ojos. "Definitivamente se ha vuelto loca", pensó, pues estaba transgrediendo todas las leyes de su pueblo: iba a dejar huir a un esclavo para contactar con otra esclava. Por si fuera poco, mencionaba los antiguos dioses de los esclavos, prohibidos desde la invasión. Ni siquiera se podía mencionar su existencia. Póracos, completamente anonadado y seducido por la belleza de Eilín asintió casi de forma mecánica. Ella sonrió complacida dejándole más noqueado aún.

-¡Bien! –Exclamó satisfecha- Mañana mismo te mandaré con un salvoconducto de mi puño y letra a la ciudad para comprar unas sábanas de seda para mi hija. Los soldados te dejarán salir aunque puede que alguno te escolte, pero el mercado está tan atestado que no te resultará difícil escabullirte… -Eilín se detuvo y tragó saliva- Cuando encuentres a Alba recuerda que has jurado decirle que quiero verla… Vete.

Póracos obedeció finalmente preguntándose una y otra vez qué estaría tramando aquella preciosa y caprichosa joven con Alba.

XVI

El regreso a la gruta no alivió el dolor de Alba. Intentó olvidarse de Eilín a través de los estudios, en los que se volcó en cuerpo y alma. Daila y el mendigo intentaban aliviar su pena con largas conversaciones que no parecían tener el más mínimo efecto sobre ella. Sus compañeros intentaban implicarla en las actividades de juego colectivo con las que intentaban paliar el aburrimiento, pero si en algún momento lograban sacarla de su mutismo, la perdían de vista en cuanto se descuidaban.

-Alba está muy triste. –Les decía Daila.- Pero pronto se recuperará. Celebraremos la fiesta de la primavera y la tomaré a ella como mi ayudante.

-¿Por qué Alba? –Preguntó un joven, molesto por lo que ya era un favoritismo más que evidente hacia la joven.

-Alba está muy triste y quiero que participe tanto como el resto. Ser mi ayudante le ayudará a alegrarse un poco.

Cuando Daila le comunicó a la joven que la necesitaba como ayudante, esta intentó declinar. Sabía que todos deseaban estar con la Suma Sacerdotisa, y que esta la eligiera a ella no sería muy popular. Pero Daila estaba decidida.

-Te quiero a ti.

-Cualquiera lo haría mejor que yo. –Protestó la joven.

-No, Alba. La elegida eres tú. Prepárate porque vas a venir conmigo a la cala. Allí te enseñaré todo cuanto debes saber.

Tal como temía Alba, su elección provocó un cierto distanciamiento de los otros compañeros de gruta. Nadie le dio la enhorabuena, excepto Caol y su amigo bárbaro, que la adoraban.

De camino a la cala, Alba intentó convencer a Daila de lo improcedente de su elección, pero ella no le contestaba. Sólo le dirigió la palabra al llegar.

-Quiero que jures que no hablarás con nadie de lo que aquí hagamos.

-Daila, -protestó Alba- no soy la más adecuada.

-¡Basta ya de quejas, Alba! Jura que no desvelarás nada de lo que aquí suceda.

-De acuerdo. –Murmuró desganada la joven. Evidentemente no había forma de convencerla.

Satisfecha, Daila sacó de un saco que llevaba un montón de legajos. Los puso sobre unas rocas y se encaró con la atribulada joven.

-La fiesta de la primavera será dentro de tres semanas. Tradicionalmente, los representantes de las regiones del reino traían a la capital una muestra de los primeros frutos de su tierra. El rey los bendecía a medida que los iban poniendo a sus pies. –Cogió uno de los legajos y se lo dio- Estas son las bendiciones… Estúdialas durante estas semanas. Vendrás aquí todas las mañanas durante dos horas para aprenderlas. Te dejaré sola para no distraerte y cada cuatro días te las preguntaré y te enseñaré cómo se hace la bendición.

Alba parpadeó. No había entendido bien.

-Espera, Daila… ¿Me estás pidiendo que aprenda la bendición de primavera del rey?

-Si. Estúdiala.

-¿La bendición del rey? –Insistió Alba escandalizada.- ¿Estás loca?

-No. No lo estoy. Estudia y vuelve a la gruta en dos horas. –Daila le dio la espalda y comenzó el ascenso a la gruta.

-¡¿Por qué?! –Gritó Alba mientras se alejaba.

-Lo sabrás el día de la fiesta.

Alba se quedó sola, perpleja y llena de preguntas. El cariño y atención de Daila y del mendigo culminaba ahora en el mayor de los absurdos: se convertía en la ayudante de la Suma Sacerdotisa del reino para celebrar una fiesta prohibida desde la invasión y nada menos que estudiando la bendición del rey. Pensó que habría una explicación lógica y, en todo caso, si no la hubiera, siempre podría recurrir al mendigo para que hablara con Daila y le hiciera entrar en razón.

Pero el mendigo no volvió a aparecer por la gruta en varios días. Mientras, Alba tuvo que aguantar el estudio de aquella regia bendición que le rechinaba, y la constante curiosidad de los habitantes de la gruta a los que no podía decir nada. Desde luego, no le cerraba la boca únicamente el juramento hecho a Daila. Callaba sobre todo por la naturaleza de los ritos que estudiaba. Si sus compañeros se enteraban que estudiaba la bendición del rey, probablemente se encolerizarían.

Cuando el mendigo regresó al fin lo hizo acompañado de un joven que los antiguos esclavos de Eilín conocían: Póracos. Al verle, todos, incluso Alba corrieron a abrazarle. Ella olvidó la incertidumbre que la había dominado durante aquellos días, centrándose, como el resto en el amigo reencontrado y en las novedades que tenían que contarse. Fue un día intenso, de conversaciones sin fin en el que Alba deseaba secretamente preguntarle por Eilín, pero consciente de su deseo, lo evitaba. Pero él no había olvidado la promesa hecha a la joven bárbara.

-Fue la señora Eilín quien me dejó huir. –Dijo ante el asombro general, sobre todo de Alba.- Quería que te dijera que quiere verte. –Concluyó dirigiéndose directamente a ella.

Un murmullo anárquico detuvo la posible respuesta de la joven. Todos comenzaron a opinar de forma irritada.

-¡Es una trampa!

-Te escapaste dos veces y quiere vengarse.

-No estarás pensando en ir, ¿verdad?

La pregunta directa de una de las jóvenes detuvo la algarabía general. Todos miraron a Alba, que tenía la mirada perdida y la mente absorta en sus propios pensamientos. Evidentemente, ir era lo primero que había pensado, pero, como el resto, también creía que aquello podía ser una trampa malintencionada de su antigua señora.

-¡Alba! –Insistieron sus compañeros.

-Tengo que pensar. –Se levantó y se fue a uno de los rincones más oscuros de la gruta para evadirse y pensar. Necesitaba estar sola para sopesar los pros y los contras de lo que deseaba hacer. Las opiniones, miedos y presiones del resto sólo la confundían.

-¿Pensar? –Oyó a su espalda. No quiso saber quién le estaba gritando. Lo dejó estar y se alejó al rincón más lejano de la gruta, mientras aquella voz de reproche continuaba gritándole con histeria.- ¿Qué se supone que tienes que pensar?

Las voces se fueron apagando. Alba se acurrucó en un nicho natural que formaban las rocas para pasar un día entero de cavilaciones, de dudas y de insomnio. El sueño se evaporó y llegó a la mañana siguiente sin haber logrado sacar nada en claro. Su cabeza estaba tan embarullada como en el día anterior y precisamente por eso, segura de no poder aclararse, decidió ir a la ciudad. Aprovechó sus dos horas de estudio en la cala para escabullirse tomando la dirección contraria. Para entrar en el palacio sin levantar sospechas se volvió a colocar el brazalete de esclava y fue directamente a los aposentos de Eilín, donde entró de forma resuelta y decidida. Se encontró a Mairá faenando por la habitación y a la joven señora sentada como siempre frente a la ventana y con la mirada perdida. Ambas giraron el rostro extrañadas al oír el ruido de la puerta. Mairá se sobresaltó pero Eilín, curiosamente, sonrió.

-Vete Mairá. –Se apresuró a ordenar la joven. Su voz sonaba tranquila y no parecía peligrosa.

La esclava obedeció mientras se preguntaba qué demonios hacía allí Alba.

-Me dijeron que querías verme. –Comenzó Alba de forma seca en cuanto Mairá desapareció.

Eilín, hierática como siempre, se limitó a asentir. Su sonrisa ya se había borrado por completo, llevando de nuevo a Alba al desánimo, tras haber sentido un súbito calor al ver, por primera vez aquellos preciosos labios dibujando una sonrisa. Eilín seguía siendo la misma estatua que recordaba, tan impasible y fría como siempre. Dolida, Alba esperó en silencio algún tipo de reacción.

-¿Qué tengo que hacer para que te quedes?

Aquella extraña pregunta pilló por sorpresa a Alba, sobre todo porque la había hecho con un tono de voz suave, incluso dulce. Parpadeó asombrada y miró fijamente a Eilín a los ojos de forma interrogante.

-Quiero que te quedes. –Aclaró Eilín al darse cuenta de su perplejidad.

-¿Quedarme aquí? ¿Por qué tendría que hacer algo así?

Eilín volvió a caer en su terco mutismo. Buscó rápidamente en su mente una respuesta lógica que pudiera aclarar y expresar el marasmo de sentimientos que tenía en aquel momento. Fue incapaz.

-¿Qué tendría que hacer? –Repitió tras un largo silencio.

Alba suspiró molesta.

-Ya no soy tu esclava y no volveré a serlo jamás.

Eilín la miró ceñuda. Seguía buscando algo que la convenciera y seguía luchando contra unas palabras que se empeñaban en no aparecer.

-¿Y si dejaras de ser una esclava?

-¿Cómo sería eso? –Alba rió con sorna- Tengo entendido que tu pueblo no libera a sus esclavos con facilidad.

Su risa molestó a Eilín que endureció aún más su gesto. Aún así, intentó seguir con su plan.

-No te liberaría, pero estarías aquí, en lugar de Mairá... y te permitiría hacer cuanto quisieras.

-No. –Respondió Alba con una firmeza tan desconocida para ella que incluso le sorprendió.

Vio la rabia reflejada en el bellísimo rostro de Eilín y en la tensión de sus puños y por un momento pensó que se levantaría para coger su vara, pero la joven finalmente agachó la cabeza.

-¿Por qué? –Preguntó sin ocultar su frustración.

-Ya te lo he dicho: no soy tu esclava, y no volveré a serlo.

-Pero… -Eilín intentó protestar, pero las ideas se amontonaban con tal confusión en su mente que era incapaz de hablar. “Dijiste que me querías” intentó decir, pero fue inútil.

Alba esperó durante un instante eterno a que acabara su frase, pero Eilín no movió ni un músculo.

-Adiós, Eilín. –Dijo al fin con tristeza.

-¡No! –Eilín por fin se levantó y se puso frente a ella, rígida y tensa.

Alba se detuvo y la miró con desconfianza. Pensó de nuevo en la vara, en los golpes, en su crueldad y se preparó para defenderse, pero la joven señora no hizo nada más que mirarla con aire suplicante.

-Llévame contigo entonces.

Alba abrió los ojos como platos. Miró fijamente a Eilín, tratando de descubrir el sentido oculto de aquellas palabras. Ella le devolvía la mirada con intensidad, esperando su respuesta. Alba trató de serenarse. Se obligó a no emocionarse antes de conocer las verdaderas intenciones de la joven.

-¿Porqué iba a hacer yo eso? –Preguntó al fin.

-Porque no puedo seguir aquí. –Eilín dudó. Quería haber contestado otra cosa, pero un absurdo orgullo se lo impedía.- He tenido un hija y cuando acabe la guerra y vuelva mi marido, seremos repudiadas y acabaremos en cualquier arrollo.

-Tu padre no lo permitirá…

-A mi padre no le importará. –Rió con amargura Eilín.- Eso si sigue vivo tras la vuelta de mi marido… Al menos llévatela a ella.

Las lágrimas comenzaron a correr por el suave y bello rostro de Eilín. Alba se sintió ahogada mientras una extraña mezcla de sentimientos se agolpaban en su interior. Sentía una profunda tristeza al ver a Eilín llorando, pero también sentía una gran decepción a darse cuenta que todo aquello no había sido por ella, sino por aquel bebé que pataleaba feliz en su cuna de madera. Por un momento pensó que Eilín sentía algo por ella, pero la realidad le había golpeado con fuerza, obligándole a abrir los ojos. No obstante, a pesar del dolor y la decepción, no quería dejarla abandonada a su suerte.

-Ahora no puedo contestarte. –Balbuceó intentando contener el llanto.- Tengo que consultar esto…

-¿Cuándo nos sacarás de aquí?

-No lo sé. –Alba ya se sentía incapaz de mantenerse entera, por lo que decidió dar media vuelta y salir de allí definitivamente. Al cerrar la puerta, y antes que su propio llanto la desbordara, oyó el llorar a Eilín de forma desconsolada.

Mientras Maira volvía, Eilín se preguntaba una y otra vez qué le estaba pasando. En cuanto la puerta se cerró y Alba desapareció, corrió a la cuna para coger a su hija en brazos mientras se deshacía en lágrimas. Se había ido y posiblemente para siempre, sin que ella fuera capaz de decirle tantas cosas que había imaginado y deseado decirle. Fue consciente de su decepción cuando le dijo que quería salvar a su hija, ¿por qué no le dijo entonces que lo que más deseaba era estar con ella?

-¿Por qué?, ¿por qué? –Se preguntaba de forma insistente y machacona, como si pudiera así encontrar una respuesta.

Como era de esperar, la vuelta de Alba a la gruta fue recibida con una enorme bronca por parte de Daila.

-¿Dónde has estado? –Le gritó furiosa nada más verla.

Apesadumbrada como estaba, Alba no respondió. Ya había dejado todas sus lágrimas por el camino y se sentía ahogada, de manera que las palabras no se deslizaban demasiado bien por su boca.

-Jovencita, -continuó furiosa Daila- tienes un deber que cumplir y va siendo hora que te lo tomes en serio.

-¿Y qué deber es ese? –Respondió por fin Alba de nuevo al borde del llanto- ¿Suplantar a un rey? ¿Convertirme yo en reina?

-Ya te he dicho que por ahora sólo tienes que estudiar. Lo que tengas que saber te lo diré al mismo tiempo que al resto. –Daila señaló enfada a los habitantes de la gruta que observaban desde lejos y con desconfianza su conversación.

Alba lamentó haber hecho aquel comentario que evidentemente había ofendido a Daila. Ella era la hermana del rey difunto y sin duda, pensó, le había hecho daño. Cambió rápidamente de conversación.

-Quiero que Eilín venga aquí.

-¿Qué? –Aquel brusco cambio sobresaltó a la sacerdotisa.

-He estado con ella, y me ha pedido que la traiga conmigo para salvar a su hija de su marido.

Daila no daba crédito a lo que estaba oyendo.

-¿Le has contado a esa bárbara dónde se esconden todos los esclavos fugados? –Preguntó escandalizada y en voz muy baja.

-¡Claro que no! No le he dicho nada de nosotros, ha sido ella la que me ha pedido que la saque de allí… Tiene miedo a ser repudiada y a que su hija tenga un mal final.

-¡Da igual! ¡Es la hija del rey! ¿No te das cuenta del desatino que pretendes?

-¿No es más desatino lo que tú pretendes de mi? Le estás pidiendo a una vulgar campesina y esclava que actúe como una reina. Me pides que estudie nuestra cultura, que habla de comprensión, de concordia, de amor, y sin embargo le niegas el socorro a una mujer que sólo intenta salvar a su bebé. –Alba comenzó a llorar de nuevo.

-Está bien. –Daila pareció conmoverse.- Pero piénsalo bien… Esa mujer es la hija del rey… Un rey bárbaro que ocupa el trono de nuestros antepasados y que quizá algún día expulsemos. ¿Crees que ella estaría de acuerdo con eso?

Alba la miró como si no la comprendiera. Por su mente desfilaron al galope cientos de ideas que no tenían sentido. ¿Acaso la Suma Sacerdotisa planeaba una especie de reconquista del reino? A fin de cuentas, mes a mes, el número de esclavos fugados crecía dentro de la gruta y, si bien el empeño de Daila y su fiel amigo, el mendigo, parecía completamente altruista, Alba empezaba a tener sus dudas. Daila la miró de forma inquisitiva, como si pudiera ser consciente de lo que estaba pensando e intentó desviar el rumbo de sus pensamientos.

-En todo caso, yo no puedo decidir algo así por mí misma… Tengo que reunirlos a todos en consejo.

Lo hizo en ese mismo momento. Llamó a todos los habitantes de la gruta para que se reunieran en un círculo con Alba y ella misma en el centro. La sacerdotisa le pidió a Alba que ella misma expusiera su caso y, como era de esperar, la reacción fue de rotunda oposición. Los únicos que la apoyaron fueron Caol y su amigo bárbaro. El resto, sobre todo los antiguos esclavos de Eilín, compañeros de Alba, se escandalizaron ante sus pretensiones.

-¡No podemos traer aquí a la hija del rey! –Gritaban muchos.- Luego llamaría a los suyos para que nos descuartizaran.

-¡Solo quiere salvar a su hija! –Replicaba desesperada Alba.- ¿No ves que las mujeres bárbaras que no tienen hijos varones suelen ser repudiadas?

-¿Aún no sois capaces de ver que no todos los bárbaros son unos desalmados? –Medio Caol.

-¡Habla por tu amigo, que era un esclavo como nosotros! ¡Pero esa mujer es una esclavista caprichosa y cruel!

-¡Y a ti, Alba te condenó a muerte! –Gritó uno de sus compañeros.- ¡Fuimos nosotros quienes te libramos de ella! ¿No lo recuerdas?

-Sí, lo recuerdo. –Respondió rechinando los dientes Alba.- Pero… ¿no tiene derecho a una segunda oportunidad? Si yo se la doy, ¿no podéis dársela vosotros?

-¡Yo sí! –Volvió a gritar Caol.

-¿Estamos todos locos? –Gritó de pronto una mujer.- ¿Cómo podéis siquiera pensar en que permitamos el paso de esa asesina?

-¡No es una asesina! –Replicó enfurecida Alba.

-¡Si no fuera por nosotros, tú ya no estarías aquí! –Contestó una de sus compañeras.- ¡¿Y no es una asesina?!

-Por favor, amigos –medió por fin Daila- no nos enredemos en gritos estériles que no nos llevan a ningún lado... Yo estoy dispuesta a fiarme del buen juicio de Alba y a darle una segunda oportunidad a esa joven. A fin de cuentas, lo hace por su hija, que tiene un futuro muy negro entre los bárbaros.

-¡No! –Gritó un hombre poniéndose en pie rojo de ira.- Tú sólo favoreces y escuchas a Alba, y ya estamos hartos de tus favoritismos hacia ella.

-¿Y tus celos hacen que te sientas mejor?

Aquel comentario ofendió profundamente a todos, pero nadie se atrevió a replicar. No sólo no querían atacar a la Suma Sacerdotisa, tampoco se atrevían a admitir que aquello era cierto: el que más y el que menos sentía celos de Alba.

-Como todos vuestros argumentos proceden del resentimiento y de los celos, doy por concluida esta reunión. Daremos una oportunidad a esa mujer.

Un murmullo de rabia recorrió todo el círculo. Daila les observaba firme y sin decir nada, esperando que alguien se atreviera a decir algo en voz alta, pero poco a poco se fueron levantando para volver a sus quehaceres, no sin antes dedicarles una mirada enfurecida a Alba y a Daila.

-Espero que a partir de ahora te centres más en tus estudios. –Le dijo Daila a la joven antes de abandonar la gruta para volver a la ciudad.

Alba regresó al palacio al día siguiente, provocando el espanto de Mairá y la alegría de Eilín.

-Vete, Mairá. –Ordenó la joven señora. Y cuando, refunfuñando, la esclava cumplió sus órdenes, añadió a Alba.- ¡Has vuelto!

Estaba entusiasmada. Alba la miró asombrada pues nunca la había visto tan radiante y feliz. Pensó por un momento que quizá hubiera cambiado de idea.

-Dije que te respondería. –Contestó al fin.

La frialdad de esta respuesta dejó perpleja a Eilín. Borró su sonrisa y la miró fijamente, esperando encontrar algún rastro de las miradas intensas y dulces que le dedicara en el pasado. Pero Alba evitaba mirarla.

-Ve mañana por la mañana a la Gran Plaza con tu hija. Allí aprovecharemos el bullicio de la gente para despistar a los soldados que os escoltarán... Hasta mañana.

-¡Espera!

Su anhelante llamada se quedó sin respuesta, pues Alba abandonó la habitación con la misma rapidez con la que entró.

XVII

El nuevo capricho de Eilín irritó a los soldados. Ya hacía mucho que no les molestaba con sus absurdos paseos por la capital, y ahora se empeñaba en ir nada menos que a la Gran Plaza, un lugar repleto de almas que convertiría la "lucha" por su seguridad en un infierno. Todos ellos pensaban que el rey, en ausencia del esposo, tenía que meter en vereda a aquella niña tonta. Pero el rey sólo pensaba en el peligro que corría su regio culo ante la rebelión del norte, e ignoraba por completo todo lo que ocurría en su corte. Había ordenado hace tiempo que se escoltara a su hija en sus salidas en litera y a los soldados no les quedaba otra que obedecer.

Pero, tal como habían previsto, la Gran Plaza no era un buen lugar para escoltar una litera con una mujer y una niña dentro y una esclava caminando a su lado. El constante ir y venir de hombres y mujeres, con o sin carga, con o sin animales, les obligaba a perder de vista constantemente la litera. El capitán intentaba detener a los esclavos que llevaban a la joven a gritos, pero ellos no les hacían caso. Enfurecidos, empujaban a la gente con los que chocaban constantemente, para no perder de vista a Eilín, pero tras varios intentos por mantenerse cerca de la joven, se dieron cuenta que la habían perdido.

-¡Puta cría! –Gritaban mientras buscaban como locos por toda la inmensa plaza.

No pudieron encontrarla porque Alba y dos amigos ya habían llevado a los esclavos que portaban la litera hacia una calle que daba acceso a la plaza. Allí hicieron bajar a la joven y anunciaron a los esclavos que eran libres.

-¡¿Estás loca, Alba?! –Mairá estaba aterrorizada.- Los soldados nos perseguirán y nos matarán a todos.

-Tranquila, Mairá. –Eilín estaba extrañamente serena.- Alba sabe lo que hace.

-Señora, -insistió la esclava- esto no está bien… Nos jugamos la vida… Y tú también.

-Calla ya, Mairá… Yo me jugaba la vida dentro, no fuera… Y tú también, aunque no lo creas.

-¡Silencio las dos! –Amonestó Alba- ¿Queréis llamar la atención de todo el mundo?

-Acabemos con esta locura y volvamos al palacio. –Maira estaba aterrada.

-Maira, basta ya. –Gritó Eilín.- Eres libre, ¿qué más quieres?. Disfruta y calla.

En cuanto abandonaron el entorno de la Gran Plaza, Alba pidió a sus amigos que les vendaran los ojos a Eilín y a Mairá.

-No podéis ver dónde vamos. –Se excusó mientras tendía los brazos para que Eilín le diera a su hija. Pensó por un momento que la joven se negaría, pero le cedió la niña sin ofrecer la más mínima resistencia.

-Lo sé. –Respondió con suavidad y sonriendo.

Dejó que le vendaran los ojos y obedeció sin rechistar cuando Alba le pidió que posara las manos sobre sus hombros para poder guiarla. Mairá, a regañadientes y sin dejar de gruñir, también se dejó vendar los ojos y puso las manos sobre los hombros de uno de los esclavos porteadores que seguiría a Caol y a su amigo. Alba se estremeció al tacto de aquellas manos tan blancas, largas y suaves. Eilín sintió su ligero estremecimiento y sonrió complacida, aferrándose más a ella mientras la llevaba al barrio, al postigo y posteriormente al interior de la gruta.

En cuanto llegaron, les quitaron las vendas a las dos y Alba le entregó la niña a su madre. Esta aprovechó la efímera cercanía de la joven para darle un beso en la mejilla. Alba se sobresaltó y saltó hacia atrás. Vio los ojos de Eilín fijos en los suyos devolviéndole una mirada dulce y serena, pero aún así no quería ilusionarse, pues sabía de lo que aquella mujer era capaz. Por eso dio media vuelta y salió corriendo, dejándolos a todos en manos de Caol y su amigo. Estos dieron libertad a los portadores, que corrieron a abrazar a sus antiguos compañeros y llevaron a Eilín y a Mairá a un lugar apartado de la gruta. Por el camino Mairá era plenamente consciente de las miradas suspicaces y de odio que recibían.

-Esto ha sido un error, señora… Y lo pagaremos.

Pero Eilín no escuchaba. Solo pensaba en la extraña reacción de Alba. Hubiera deseado otra respuesta, otro beso que devolviera el suyo… Pero no una huida. Cuando los dos amigos las acomodaron en su nuevo hogar, se acercó a Caol con tono apagado.

-¿Por qué me odia Alba?

-Hasta donde yo sé, no te odia. –Respondió Cool.

-¿Por qué huye así de mí, entonces?

-Creo que no has sido muy amable con ella. –Respondió el amigo de Caol con desgana.

Eilín no respondió. Bajó la cabeza acusando el golpe recibido. Se sentó con su hija ignorando al resto del mundo, incluso a Mairá que no dejaba de quejarse. Eilín no podía escucharla pues en su mente sólo estaba Alba y los recuerdos de su comportamiento con ella. Aquel joven tenía razón: había sido cruel con ella y ahora no sabía cómo paliar aquel dolor. Tras dar cientos de vueltas a la cabeza, pensó que lo mejor era acercarse a ella y sincerarse: pedirle perdón y decirle lo que sentía. Levantó la cabeza y la buscó con la mirada sin éxito. Alba había desaparecido. A su alrededor sólo veía gentes que las miraban con odio y desconfianza. Le resultaban intimidantes y decidió no moverse hasta que viera a Alba en alguna parte.

Estaba anocheciendo cuando Alba regresó. Los habitantes de la gruta ya encendían las antorchas para iluminar la gruta, ahora que la luz natural que se colaba entre las rendijas naturales iba desapareciendo. La joven volvía de la cala tras horas de inútiles intentos de estudio. No había podido concentrarse por más que lo había intentado, pues en su mente sólo existía el extraño beso de Eilín. Se había pasado horas de elucubraciones, suposiciones e ideas locas de las que sólo había logrado sacar un enorme dolor de cabeza. Se sentía agotada y sólo quería tumbarse, cerrar los ojos y olvidar. Pero Eilín, que desde que había llegado se había mantenido con los ojos fijos en lo que parecía la entrada de la gruta, la había visto llegar y, siguiéndola con la mirada, la vio adentrarse en uno de los rincones más oscuros.

-Quédate con mi hija, Mairá. –Ordenó a esta mientras se levantaba para ir en su busca.

-Pero… ¿dónde vas, insensata? –Protestó aterrada la aludida. Por fin se había callado, pero permanecía asustada y encogida sobre sí misma. -¿No ves que cualquiera de estos estaría encantado de cortarte el cuello?

-¡Por todos los dioses, Mairá! ¿Acaso no son tu pueblo?

-Yo ya no tengo pueblo… -masculló la mujer con amargura.

-Tengo que irme… Y creo que volveré con la cabeza intacta.

Mientras Mairá murmuraba que estaba loca, ella ya corría tras Alba, seguida por cientos de miradas esquivas. Se la encontró tumbada sobre una estera mirando hacia la luz que lanzaban las llamas de una tea. Estaba muy seria, tan absorta en sus pensamientos que no la vio llegar.

-Hola. –Saludó Eilín.

Al oírla, Alba salió bruscamente de su ensoñación. Se incorporó rápidamente, preguntándose que hacía allí. Sin embargo, no formuló su pregunta en voz alta. Eilín se sentó a su lado y durante un tiempo permaneció también en silencio mirando al mismo punto de luz.

-¿Qué te pasa? –Preguntó al fin.

-Nada. –Balbuceó Alba inquieta.

-¿Me estás evitando?

-No.

Aquel terco mutismo de Alba molestó a Eilín, pero estaba decidida a acercarse a ella y quería lograrlo con tacto.

-Perdon… -Susurró al fin, tras reunir fuerzas.

Sin entender, Alba la miró al fin, interrogándole con la mirada.

-Perdóname por todo el daño que te he hecho. –Reiteró.

Aquello pilló a Alba desprevenida. Eilín parecía sincera, pues tenía la cabeza gacha y no se atrevía a mirarle a los ojos.

-Ya te he perdonado. –Contestó al fin en un susurro.

De pronto, Eilín se lanzó sobre ella y la abrazó con fuerza, como si se estuviera aferrando a su última esperanza. Asombrada Alba se sobresaltó en un principio, pero finalmente cedió al fuerte abrazo y le correspondió rodeando su cintura.

-Te quiero. –Murmuró Eilín mientras sollozaba y le besaba el cuello. Fue ascendiendo lentamente por él hasta encontrarse con el desconcertado rostro de Alba. La besó en la boca con tanta intensidad que esta creyó marearse.

Alba se mantenía rígida y asustada. En lo más profundo de su ser se había asentado el temor de estar soñando. Tenía miedo a despertar y encontrarse, en lugar de con los besos y caricias de Eilín, con esa ira tan desagradable que recordaba de ella. Pero la joven seguía besándola, intentando por todos los medios eliminar su resistencia. Alba se fue ablandando, pero no por eso dejó de estar alerta, a pesar de tener el cuerpo tembloroso y ávido de Eilín entre sus brazos. La joven la estaba buscando a través de caricias cada vez más intensas y atrevidas. Alba empezaba a perder el control, pero antes de sucumbir se dio cuenta que cientos de miradas estaban sobre ellas. Los habitantes de la gruta estaban sumamente irritados y murmuraban sin disimulo sobre ellas.

-¡No! –Alba apartó bruscamente a Eilín.- ¡Espera!.

Estaba sumamente excitada, pero las enfurecidas miradas de todos cuantos las rodeaban la intimidaban. Sabía que estaban enfados por la presencia de aquella mujer bárbara y poseedora de esclavos, pero verla ahora besándose de forma enloquecida con Alba, una de los suyos, les sacaba de sus casillas. La joven temía algún tipo de reacción violenta ahora que ni Daila ni el mendigo estaban en la gruta.

-¿No me quieres?

La trémula pregunta de Eilín le hizo volver los ojos hacia ella. La miraba fijamente, sumamente decepcionada y con los ojos enrojecidos por el llanto que luchaba por contener.

-No es eso… -susurró Alba- Mira a tu alrededor.

Le señaló con un gesto a todos cuantos la rodeaban, de los que hasta ese momento la joven no parecía haber sido consciente. Eilín los miró ceñuda y con desdén.

-¿Y qué? Sabemos que no les gusta, que creen que dos pueblos distintos no pueden unirse… ¡Me da igual lo que piensen! -Volvió a lanzarse a los labios de Alba, pero esta la detuvo de nuevo. Eilín se puso pálida.

-A mi también me da igual. –Susurró Alba con una sonrisa.- Pero no quiero tener sus amargadas miradas sobre mi cogote… Ven.

Se levantó rápidamente y le tendió la mano. Eilín la cogió rápidamente y se dejó guiar hacia una zona de la gruta sumamente oscura. Por allí había visto Alba desaparecer en innumerables ocasiones a las parejas que se habían ido formando en aquellos meses de convivencia. Según Caol y su amigo, allí había otra sala natural, mucho más pequeña que aquella en la que convivían, pero que tenía numerosos recovecos para alejarse de miradas indiscretas. El problema era que allí ya no llegaban las luces de las antorchas, pero algo así no importaba a quienes deseaban dar rienda suelta al amor y al deseo. Allí Alba pudo al fin agarrar con fuerza a Eilín para devolverle sus besos. Sin verla, pudo sentir toda su piel al tiempo que dejaba que la bellísima joven descubriera la suya. En la completa oscuridad ambas pudieron sentirse sin la más mínima reserva ni el más mínimo temor.

Regresaron juntas al amanecer a la zona común, cogidas de la mano y seguidas como siempre por cientos de miradas inquisidoras. Nadie, sin embargo, osaba decir nada. Sólo Mairá, aterrada aún por aquella absurda huída, y acobardada por una noche en soledad y en vela, montó en cólera de palabra, poniendo en su boca el sentir general.

-¿Qué creéis que estáis haciendo las dos? Tú sólo eres una esclava y tú su señora… ¡Es una aberración que os amancebéis de esta manera! ¿Qué crees que diría tu padre? –Le espetó violentamente a Eilín.

Las dos jóvenes la miraron con disgusto, pero ninguna de ellas tenía ganas de contestarle. Eilín se llevó a Alba a ver a su hija, lo que enfureció mucho más a Mairá.

-¿No crees que nos has humillado bastante? –Agarró con fuerza a Alba por el brazo impidiéndole continuar su camino hacia la niña.

-¿De qué estás hablando?

-Mancillas a tu pueblo con una bárbara… ¡Y tú al tuyo! –Añadió furiosa señalando con el dedo a Eilín.

-Ya basta, Mairá. –Intervino Eilín.- Deja de soltar mierda. Nosotras no humillamos a nadie. Os humilláis solos con tanto odio.

Para disgusto de la mujer, Alba se "trasladó" a vivir con Eilín, y por lo tanto, con ella que, incapaz de aceptar su condición de mujer libre, seguía completamente pegada a su antigua señora, refunfuñando mientras las jóvenes jugueteaban con la hija de Eilín. Sólo descansó de su mal humor cuando Alba se despidió para ir a la cala. Había prometido a Daila que seguiría con sus tareas si accedía a llevar allí a Eilín y no pensaba defraudarla.

Cuando vio como las dos mujeres se despedían y tuvo de nuevo a Eilin para ella sola, Mairá intentó hacerle entrar en razón.

-Tenemos que volver… Estar aquí es una locura…

-Quiero cortarme el pelo. –Contestó Eilín sin escucharle.

-¿Acaso pretendes ser como nosotras?

Las mujeres bárbaras llevaban el pelo sumamente largo y recogido en una gruesa trenza. A algunas, como Eilín, incluso le bajaba de los glúteos. Sin embargo, las oriundas del reino lo tenía por los hombros o un poco por debajo de ellos y suelto. Por eso sus pretensiones eran para Mairá una transgresión más en aquella larga lista de "ofensas".

-Simplemente quiero quitarme esta trenza tan larga y molesta. ¿También esto está mal para ti?

-¡Jamás podrás ser una de nosotros! –Furiosa, Mairá le dio la espalda, dedicándose en exclusiva al bebé.

Ante su negativa, Eilín se dirigió a los únicos que se eran amables con ella: Cool y su amigo. El primero estuvo encantado de cortarle el pelo, dejándole una preciosa melena a media espalda. Aquel cambio le encantó a la joven y, por supuesto, a Alba cuando regresó.

-¡Preciosa! –Admiró mientras la besaba y le acariciaba el sedoso cabello.

La relación entre ambas irritaba a todos los habitantes de la gruta, pero nadie se atrevía a decir nada por la cercana relación de Alba con la Suma Sacerdotisa. Esta las vigilaba muy de cerca. De echo, los dos días antes de la fiesta de la primavera se trasladó a vivir a la gruta para controlar que Alba continuara acudiendo a la cala cada día, evitando así que pasara los días enredada en los brazos de Eilín. Daila no la presionaba pues había observado que la presencia de Eilín le hacía sentirse más libre, más feliz y, por supuesto, aprendía con mayor rapidez y sin hacer preguntas. Además, Alba le agradecía sumamente a Daila que le permitiera tener allí a la bella bárbara y para demostrarlo se había convertido en la más aplicada de las estudiantes.

XVIII

El día anterior a la fiesta, Daila le permitió a Alba no bajar a la cala para pasarlo junto a Eilín.

-Pero a la caída del sol tendrás que venir conmigo. –Le advirtió.

Feliz, Alba pudo estar con su amada en el rincón secreto de la gruta. Dejaron la niña en manos de la siempre enfurruñada Mairá y dedicaron aquel día entero hasta la tarde a disfrutar la una de la otra. El tiempo se fue volando y cuando llego la tarde no querían separarse aún.

-Yo quiero ir con ella. –Pidió Eilín a Daila cuando fue a buscar a Alba.

-Tú tienes una hija que cuidar. Ya la verás mañana.

-¿Mañana? ¿Qué voy a hacer toda la noche en la cala?

-¡Vámonos! –Daila ignoró la pregunta de Alba y la obligó a seguirla. Estaba mucho más autoritaria que nunca.

Alba besó a Eilín y la siguió en silencio. Esta vez no se detuvieron en la arena de la playa, pues Daila la guió hasta una pequeña cueva escondida entre las rocas y que hasta entonces Alba no había visto. No era demasiado profunda y en su centro tenía una pequeña piscina natural rodeada por rocas. Junto a ella las esperaba, erguido, el mendigo que las saludó en cuanto las vio llegar. Frente a él, en una de las rocas que rodeaba la piscina, se hallaba desplegada una estola y un manto completamente blancos.

-Esta noche la pasarás a solas, meditando junto a la piscina. –Le dijo Daila.- A la salida del sol te bañarás en la piscina. Yo volveré para bendecirte y ayudarte a vestirte.

-¿Bendecirme? ¿A mí sola? ¿Y el resto? –El asombro de Alba crecía por momentos, pero Daila no estaba dispuesta a decirle nada.

-Hasta mañana, Alba.

La Suma Sacerdotisa se dio la vuelta y la dejó sin querer contestar a sus preguntas. El mendigo, sonriente, la siguió, pero al llegar a la altura de la joven, esta le detuvo.

-Espera... Quiero decirte algo. –Miró a Daila para comprobar que se alejaba y no podía oirla.- Daila ha perdido el juicio... No me está enseñando a ser su ayudante... Lo que quiere que haga...

No sabía realmente qué decir. Las supuestas pretensiones de Daila le parecían tan increíbles como pecaminosas y temía que el mendigo no quisiera creerla. Él, sin embargo, parecía divertirse con la situación.

Finalmente, cuando vio que la joven no podía seguir, le dio una palmadita en la mano con la que le sujetaba el brazo y se despidió de ella.

-Mañana lo verás todo más claro.

-Pero… ¡Espera!

-Hasta mañana, Alba.

Se fue siguiendo los pasos de la Suma Sacerdotisa, dejando a la joven completamente sola mientras el sol desaparecía en el horizonte.

Fue una noche sumamente larga y dura. Alba intentó mantenerse despierta, primero a través de lo que se suponía que debía hacer: orar y meditar, pero resultó una tarea ardua, pues su mente volvía una y otra vez hacia los ojos color caramelo de Eilín, hacia sus labios carnosos, su suave y dulce piel, sus turgentes y delicados senos. Una y otra vez tenía que levantarse para pasear alrededor de la piscina mientras se preguntaba qué estaría haciendo ella, en qué estaría pensando y cuándo saldría el sol para volver a verla.

Dailá y el mendigo regresaron a la gruta con la intención de hablar con los sabios, pero cuando se dirigían a ellos, fueron interceptados por Eilín que vigilaba el retorno de Alba.

-¡¿Dónde está Alba?! –Les preguntó alarmada.

-Tiene que prepararse para mañana. –Le respondió Dailá con desgana.

-Quiero estar con ella…

-No puede ser… Ya la verás mañana. –Daila intentó seguir su camino hacia los sabios, pero Eilín la detuvo de nuevo.

-Por favor… -Suplicó.- ¿Cómo puedes dejarla sola una noche entera?

-Estará bien…

Antes de poder acabar su frase, Daila fue interrumpida por el mendigo, que le susurró algo al oído. La Suma Sacerdotisa frunció el ceño, pero asintió.

-Te dejaré venir conmigo mañana si te quedas tranquilita esta noche.

-Pero… ¿se quedará sola? –Eilín estaba francamente preocupada.

-Ya te he dicho que estará bien. –Daila comenzaba a enfadarse.- ¿Aceptas o no?

-De acuerdo…

-Pues hasta mañana.

Antes de amanecer Daila y el mendigo despertaron a Eilín. Iban acompañados por otra joven, antigua esclava de Eilín.

-¡Qué ocurre! –Preguntó espantada Mairá que aún no se había sacudido el terror de estar allí.

-Nada, -respondió Eilín- duerme. Te dejo con mi hija.

-¿Qué me dejas? ¿Por qué me dejas?

-Tranquila, -medió Daila impaciente- Volverás a verla muy pronto.

No le quedó más remedio que dejarla ir. La Suma Sacerdotisa imponía respeto a todos los habitantes del reino. De esta manera, libre del terror de Mairá, Eilín se fue feliz tras Dailá y el mendigo. Este, sin embargo, se despidió de ellas en la entrada de la gruta.

-En tres horas los llevaré a todos allí. –Les dijo. Su voz sonaba emocionada, algo que sorprendió a Eilín y a la otra joven.

Ambas siguieron en silencio a la Suma Sacerdotisa hasta la cala. Era la primera ocasión en que Eilín la veía. El sol ya dejaba ver la brillante arena y los grandes acantilados que la aprisionaban, alejándola de las miradas inconvenientes de los bárbaros. Evidentemente allí sólo se podía llegar por el peligroso camino que salía de la gruta o por mar.

Siguiendo a Daila entraron en la pequeña cueva natural donde en esos momentos se bañaba Alba.

-¡Alba! –Gritó Eilín tratando de correr hacia ella.

Daila la detuvo.

-Las cosas se harán como yo diga. Ven conmigo. –Y dirigiéndose a Alba que al oír a Eilín se había puesto en pie dispuesta a correr también hacia ella, añadió.- Y tú vuelve a sentarse.

Ninguna de las dos osó oponerse. Daila estaba muy seria e imponía respeto. Alba volvió a sentarse y Eilín, junto a la otra joven, se fue tras la Suma Sacerdotisa hacia un rincón de la cueva donde no llegaba la luz del sol. Allí descubrió dos toallas, una grande y otra pequeña sobre ella, y una caja muy decorada con varios frasquitos. La caja se la dio a Eilín y las toallas a la otra joven. Les hizo un gesto a continuación para que la siguieran de nuevo a la piscina.

-¡Levántate Alba! –Ordenó con voz profunda.

La joven obedeció rápidamente sin dejar de mirar a Eilín que se recreaba en la contemplación de su cuerpo desnudo. La oscuridad de su rincón privado en la gruta le impedía ese disfrute y ahora sus ojos se deleitaban con cada forma de la joven. Tuvo que reprimir el intenso deseo que le quemaba las entrañas de soltar la caja para volar hacia ella. Por fortuna, Daila la sacó de su ensimismamiento al acercarse a ella para coger uno de los frasquitos. Mientras salmodiaba lo que parecía una oración en la antigua lengua del reino, reservada sólo a los sacerdotes, derramó todo su contenido sobre la cabeza de Alba. Era un líquido aceitoso que sin, embargo, impregnó la gruta de un fresco olor a flores.

-¡Alba, hija de Enteorios; hija de Faila, recibe en este perfume la bendición de tus dioses ancestrales, para que a través de ellos te conviertas en la bendición de tu pueblo.

Aquella bendición, pronunciada al fin en su idioma, pilló por sorpresa a Alba que giró bruscamente el rostro hacia ella. Dailá nunca le había hablado de ese rito, nunca lo había estudiado y por si fuera poco, los nombres que pronunció la Suma Sacerdotisa no eran los de sus padres. Iba a decirle que se había equivocado, que sus padres no se llamaban así, pero la mujer volvió a hablar en el idioma antiguo mientras alzaba sus brazos y sus manos al cielo. Súbitamente bajó una mano a la cabeza de la joven.

-Vuestra criatura ha vuelto y está lista para asumir la tarea que le habéis encomendado. Protegedla y guiadla en su duro camino.

De nuevo en su idioma para turbar aún más a Alba. Esta vez la voz de Daila también turbó a las otras dos jóvenes. "¿De dónde ha vuelto?; ¿Qué tarea tenía encomendada?" Eilín, inquieta, no paraba de preguntarse si aquella tarea apartaría a Alba de su lado.

En ese momento Daila volvió a sacarla de su ensimismamiento llamando a la otra joven para que se acercara. Cogió la toalla pequeña y limpió la cabeza de Alba. Llamó a continuación a Eilín para coger otro frasquito de su caja. En esta ocasión, en lugar de derramar todo su contenido, se limitó a regar con pequeñas gotas a la joven mientras continuaba con su letanía. Luego colocó sus dos manos sobre la cabeza de Alba para hablarle de nuevo en su idioma.

-Recuerda Alba que sólo eres una mujer. Todo tu poder no logrará jamás apartarte de la enfermedad y de la muerte… Recuerda que no puedes usar tu fuerza por capricho, ni para humillar o hacer daño a otros… Recuerda que debes guardar las leyes de tu pueblo y procurar la prosperidad y felicidad de todos…

Cogió otro frasquito y repitió el riego sobre el cuerpo de una perpleja Alba, anonada por aquel extraño discurso. Quería decir algo a Daila, pero no sabía muy bien qué. Además, el agradable e intenso aroma que exudaba su cuerpo, por efecto de los perfumes la mareaban. Aquel agradable olor que salía de su cuerpo llegaba también hasta Eilín, que sentía aumentar de forma preocupante su deseo.

-Sal del agua renovada, fuerte y segura. –Daila le tendió la mano y la ayudó a salir. A continuación pidió la toalla para secarla por completo.- Traed sus ropas.

Las dos jóvenes corrieron a recoger toda la ropa que reposaba sobre las rocas.

-El manto aún no. –Ordenó Dailá contundente.

Obedecieron y le acercaron la ropa interior y la estola. Daila le indicó en silencio a Alba que se pusiera ella sola la primera y a las jóvenes que la ayudaran con la segunda, algo que resultó más complicado de lo que pensaban. Eilín, como señora que había sido siempre, jamás había ayudado a vestirse a nadie, y la nueva situación, vistiendo además a su amada, le produjo tal ataque de risa que contagió a las otras dos jóvenes para desesperación de Daila, que las apremiaba para que acabaran pronto.

-Nos tenemos que ir ya. Tú, Alba, saldrás a mi lado. Vosotras detrás.

Mientras ellas estaban en la cueva preparando a Alba, la playa ya se había llenado de gente. Los había llevado el mendigo, tal como había prometido y estaban todos entregados a una febril actividad preparando esteras en la arena y varias frutas y verduras sobre ellas, la dieta de los oprimidos, que tenían en la carne un artículo de lujo. Todos se volvieron hacia ellas cuando las vieron salir, sobre todo hacia Alba que, vestida de blanco inmaculado, reflejaba los rayos del sol sobre ella, haciéndola brillar como una estrella.

-Vosotras volved con el resto. –Ordenó Daila a Eilín y a la otra joven, que obedecieron al instante. Eilín dirigió una mirada y un guiño a Alba antes de irse y esta se lo devolvió con una sonrisa.- Tú, ven conmigo.

Se llevó a Alba hacia unas rocas sobre las que sentaba el mendigo mientras contemplaba los preparativos. Se le veía feliz, como si aquel fuera el mejor día de su vida.

-Es la hora. –Le dijo Daila.

Feliz y sonriente, el mendigo saltó literalmente de la roca con una agilidad increíble para su edad. Fue a buscar a los amigos de Alba que le siguieron hasta la cueva. Un instante después reaparecieron con una gran silla de madera, completamente tallada y con un cojín rojo en su asiento. Tenía dos brazos rematados en forma de dragón. Aquella silla parecía un trono. La colocaron cerca del mar, frente a los asistentes. Los jóvenes volvieron a la cueva y rápidamente aparecieron con otros dos cojines rojos, más pequeños, pero con dos curiosos objetos encima. El de Caol portaba una preciosa corona de ramas y flores, y el de su amigo, un callado de madera que representaba claramente un cetro. El asombro recorrió los rostros de todos los presentes, en especial de Alba. Vio como sus dos amigos se situaban sonrientes a ambos lados de la silla que ya estaba claro que era un trono y empezó a marearse con cientos de pensamientos locos. Se suponía que iba a ser la ayudante de Daila ese día, pero esta no le había comentado nada de todo lo que estaba viviendo desde la noche anterior. Sólo le había obligado a aprenderse de memoria una serie de bendiciones reales y, para colmo, aparecían ahora ante sus ojos aquellos símbolos del poder real.

-¿Qué está pasando aquí? –Se preguntaba aterrada.

-¡Amigos! –La solemne voz de Daila la obligó a salir de sus ensoñaciones.

Se dio cuenta que la Suma Sacerdotisa se había colocado unos pasos por delante de ella, acercándose a los habitantes de la gruta. Estaba erguida y parecía fuerte y segura.

-Este es un nuevo día para todos nosotros. Hoy comenzamos a vivir de nuevo… Hoy comienza una nueva etapa de nuestra historia.

Sus palabras fueron seguidas por un murmullo de asombro y expectación. Todos hablaban con todos para intentar interpretarlas. Sólo el mendigo y los dos jóvenes se mantenían sonrientes y tranquilos, algo que no pasó desapercibido a Alba.

-Nuestras crónicas nos dicen que hace muchísimo tiempo los dioses visitaron este mundo para traernos las artes, las ciencias, la paz y la prosperidad. Muchos, como los bárbaros, no quisieron escucharles y siguieron viviendo en la oscuridad del odio y las guerras internas. Pero nuestros ancestros sí les escucharon, e incluso cohabitaron con ellos creando una nueva raza mitad humana, mitad divina, de la que procedemos. Esa raza creó este inmenso, próspero y feliz reino bajo el mando de una dinastía real de la que tengo el orgullo de proceder…

Daila se detuvo un instante para tomar aliento y sopesar el efecto que sus palabras estaban produciendo. Aunque todos conocían su historia, la escuchaban embelesados, esperando el final de su discurso.

-Muchos me han preguntado porqué no recogía el testigo de mi linaje. A fin de cuentas soy la hermana pequeña del difunto rey y, hasta hace poco, su heredera.

Aquel último comentario no cayó en saco roto.

-¿Hasta hace poco? –La frase se convirtió en un murmullo agitado que corrió por todas las bocas.

Daila pidió calma y silencio para continuar.

-Tras la invasión sufrí todo tipo de penurias y vejaciones en las prisiones de los bárbaros. Cuando al fin me liberaron, hace seis años, y supe el destino que había azotado a mi tierra y a mi familia, no tenía más deseo que esperar a que los dioses me llevaran con ellos. Estaba enferma y no tenía fuerzas para asumir ningún tipo de responsabilidad… Pero sobreviví gracias a los cuidados de muchos… Aún así mi mente estaba enferma y no quería hacer nada…

La voz le tembló, amenazada por el llanto. Tuvo que volver a detenerse, pero se recuperó enseguida.

-Pero entonces ocurrió algo maravilloso… Un viejo amigo de otros tiempos al que también daba por muerto, apareció de pronto contándome una historia que me llenó de alegría y me hizo recuperar de nuevo la fe… Quiero presentaros a este gran amigo. –Daila tendió su mano hacia el mendigo, que se acercó a ella sonriendo con plenitud.- Lo conocí cuando era una niña de a penas cuatro años. Entró en palacio al servicio de mi hermano mayor, el futuro rey, y con el tiempo se convirtió en el mejor amigo de todos los hermanos, además de ser el mejor general que ha visto este reino. Os presento a Auros, el gran general del Reino.

El asombro hizo palidecer a todos. Aquel nombre, admirado en otros tiempos, hacia mucho que no se pronunciaba, pues todos creían que el general había muerto junto al rey y la reina la noche de la invasión.

-¿El general Auros? –Se atrevió a decir alguien.- ¡No puede ser! ¡Murió la noche de la invasión!

-Mi amigo y mi señor, el rey, me ordenó esa noche que me mantuviera vivo…

-¿Por qué?

-¡Si, dinos! ¿Por qué te ordenó seguir vivo?

Aulós hizo un gesto para que guardaran silencio y poder hablar con su habitual tono reposado.

-Todos sabéis que Su Majestad, la reina, estaba embarazada cuando comenzó la invasión. –Esperó a ver los gestos de asentimiento y continuó.- Pues esa misma noche se puso de parto. No sé si el miedo o el dolor por la invasión de los bárbaros le adelantaron el parto y dio a luz a una niña fuerte y sana… Pero ella quedó muy maltrecha y no podía levantarse de la cama. –Aulós se detuvo. El llanto también amenazaba con atenazarle la garganta.- Yo quería que el rey, la reina y su hija huyeran a través de los pasadizos del palacio… Pero mi amigo y señor prefirió esperar la muerte junto a su esposa, y antes de la entrada de los bárbaros en la ciudad me pidió que salvara a su hija y que viviera para ayudarla a volver al trono que por justicia le corresponde.

En esos momentos el asombro y la emoción hacían imposible callar los cientos de comentarios que surgían de todas las bocas.

-¿El rey tuvo una hija?

-¿Dónde está? ¡Dínoslo, por favor!

-¡Queremos ver a nuestra reina!

-¡Calma, calma! –Pidió tranquilamente Aulós.- Dejad que acabe de contar mi historia, por favor.

Tras varios comentarios agitados, al fin le hicieron caso y esperaron ansiosos a que acabara de contar lo sucedido aquella noche.

-El rey, mi señor, cogió en brazos a su hija y se la llevó al templo del palacio para pedir la bendición de los dioses, sus ancestros. Fue allí donde me pidió que conservara la vida para devolverle a la niña todo cuanto se le arrebató aquella noche. Y para que pudiera reconocerla cuando regresara la marcó con el atizador de los dioses, donde está su sello… Yo mismo le sujeté el brazo izquierdo para que su padre pudiera marcarla con el símbolo de los dioses.

Mientras pronunciaba estas palabras alzó un medallón que llevaba escondido entre sus ropas. Era un doble círculo en el que danzaban un dragón y una paloma. Al verlo Eilín sofocó un grito y miró a Alba pálida. Recordó que ella tenía aquel símbolo en su brazo izquierdo. Entonces entendió todo lo que Cool le había contado sobre la predilección de Daila y el mendigo hacia ella y, sobre todo, entendió la extraña ceremonia de aquella misma mañana. Antes que el mendigo acabara su discurso, Eilín ya sabía que Alba era la reina de aquel pueblo sometido por el suyo. Sintió un inmenso terror: ¿y si ahora Alba la dejaba? ¿Acabaría su historia nada más empezar? Las nuevas palabras de Aulós la obligaron a prestar atención, mientras intentaba espantar la pena y las dudas.

-Aquella noche cogí a la niña. Organicé con unos cuantos soldados la huida de todos los ciudadanos que pude a través de los pasadizos del palacio y se la entregué a una pareja que ya tenía tres hijos. No volví a saber de ella. Me confundí entre los que huían y desaparecí de la capital por mucho tiempo… Yo no podía quedarme con la niña, pues mucha gente me conocía y corría el riesgo de hacer peligrar su vida. –Aulós parecía abatido al recordar aquella noche.- Tuve que dejar a mis amigos en manos de los salvajes que nos invadieron… Y desde entonces no he dejado de desear que al menos su majestad la reina muriera antes de caer en sus garras. –Se detuvo un instante. La eterna sonrisa se había borrado de su rostro.- Viví a partir de entonces en las provincias, mendigando y viajando de aquí para allá, intentando volver a ver a la princesa… Pero no pude encontrarla y en el día en que cumplió dieciseis años regresé a la capital con la esperanza de encontrarla aquí… Sabía que ella volvería a la capital un día porque llevaba consigo la bendición de los dioses, y ante ellos yo había jurado encontrarla y ayudarla a volver al trono de sus ancestros.

-Pero, ¿dónde está? –Volvieron a gritar.

Ignoró sus preguntas ansiosas y continuó.

-La encontré por fin, antes del invierno; en el mercado… En cuanto vi su rostro reconocí el de mi amigo y señor, el rey. Cuando vi sus ojos, reconocí los de su madre la reina… Cuando ella tendió su brazo para coger un collar de un puesto confirmé mis sospechas: llevaba la marca de los dioses. –Mientras pronunciaba esta última frase, Aulós se volvió hacia Alba.

La joven estaba pálida como la cera. Inconscientemente se llevó la mano a aquella marca que de niña le había llamado tanto la atención. Recordaba haber preguntado una y otra vez por ella sin lograr obtener una sola aclaración, pues sus supuestos padres jamás supieron decirle de dónde procedía aquella quemadura. La dura vida que le tocó le hizo olvidarse por completo de ella y ahora un mendigo que resulta había sido un famoso general la sacaba del olvido como prueba de su regio origen.

-¡Majestad! –Aulós se arrodilló ceremoniosamente ante ella.

Aquel gesto solemne produjo un verdadero maremoto. Muchos se levantaron completamente indignados ante lo que consideraban una burla. Los que conocían a Alba, incluidas Mairá y Eilín, se quedaron petrificados y desconcertados. Esta última, además llevaba un buen rato con un río de lágrimas manando sobre su rostro. Se sentía feliz por Alba, pero también sentía un pánico atroz por si aquel reinado suponía el final de la relación entre ambas.

-¡Te burlas de nosotros! –Se atrevió por fin a gritar alguien.

-¡Cómo te atreves a dudar de mí y de tu reina! –Enfurecida, Daila dio varios pasos en dirección del hombre, dejándolo mudo. Auros, sin embargo, logró detenerla.

-¿Es que jamás os habéis fijado en el parecido entre Dailá y Alba?

Aquella pregunta del otrora mendigo hizo que los ojos de los ya enmudecidos concurrentes bailaran alternativamente de una a otra mujer, y la inmensa mayoría confirmó en su fuero interno que el hombre tenía razón: el parecido entre tía y sobrina era evidente. Todos enmudecieron, incluso los pocos que aún dudaban, aunque sólo fuera por temor a oponerse a la palabra de la Suma Sacerdotisa. Esta dio un rápido repaso visual y al comprobar que, al menos de momento, el ambiente estaba tranquilo volvió a erguirse con fuerza para retomar su papel ritual.

-Hoy nuestra tierra ya no es nuestra, pero hemos recuperado a nuestra reina y seguimos teniendo nuestros ritos... Pronto recuperaremos todo lo que por derecho nos pertenece.

Sus palabras pretendían ser una arenga, pero en aquel momento el mutismo provocado por el asombro era tal que nadie osaba decir nada. Al ver aquel silencio que se había originado, Daila le hizo un gesto a Auros que asintió con la cabeza. Llamó a seis muchachas que estaban en la primera fila, tan anonadadas como el resto, pero que se levantaron en cuanto él les hizo un gesto. Se fueron los siete a la cueva, dejando tras de sí un ambiente tenso en el que nadie osaba abrir la boca. Por fortuna regresaron al momento. Auros abría el cortejo formado por las seis muchachas que llevaban el manto de Alba desplegado. Como su estola, era completamente blanco, pero llevaba bordado en negro el emblema de los dioses: el dragón y la paloma danzando dentro de un círculo perfecto. Con la ayuda de Daila se lo pusieron sobre los hombros. A continuación la Suma Sacerdotisa le cogió la mano a la joven y se la llevó al improvisado trono donde la sentó, mientras las jóvenes recogían el manto alrededor de sus pies. Alba se dejaba llevar, incapaz de hacer nada por sí misma. Vio, como en un sueño, como Daila alzaba los ojos y los brazos al cielo mientras entonaba sus salmodias en la antigua lengua ritual. Sintió como alguien se le acercaba y luego comprobó que era Caol, aún sonriente. Alba tuvo la sensación que él sabía todo aquello antes que ella y sintió un profundo deseo de gritar llamándole traidor. Pero antes de poder acabar sus pensamientos la voz de Daila, en su idioma de nuevo llamó su atención.

-Reina Alba: con esta corona te conviertes en la dueña del Reino. ¿Prometes ejercer tu poder con justicia, equidad y sabiduría para procurar por encima de todo el bienestar y la felicidad de tu pueblo?

Anonadada Alba comprobó que Daila sostenía la corona de flores por encima de su cabeza, esperando su respuesta. Pero la joven tenía un enorme nudo en su garganta y era incapaz de hablar. Dailá repitió su pregunta en voz más alta mientras le dirigía una mirada fulminante.

-Sí, lo prometo. –Balbuceó al fin la joven, asustada ante la contundencia de su tía.

Satisfecha, Daila le encasquetó la corona. Alba no pudo evitar un estremecimiento que la Suma Sacerdotisa ignoró por completo, pues continuó con el ritual. Llamó al otro joven que se acercó con el improvisado cetro. Lo cogió y se lo tendió a la joven. Alba lo aceptó y lo posó en sus muslos mientras Daila entonaba otra bendición.

-Reina Alba: con este cetro guiarás a tu pueblo hacia su máxima realización y progreso.

A continuación Daila cogió otro de sus frasquitos, mojó con él su dedo pulgar y lo posó en el entrecejo de la joven.

-Como hija directa de los dioses te bendigo ahora y por siempre a ti, hija directa de los dioses, como reina y señora de todos los que habitamos este reino tan antiguo. Te bendigo para que cumplas tu misión con orgullo, con justicia y sabiduría. –A continuación se volvió hacia los presentes.- ¡Levantaros como un pueblo nuevo y saludad a vuestra reina!

Como movidos por un resorte, todos se levantaron vitoreando y alabando a la joven reina, que les miraba con verdadero terror. Alba intentaba encontrar a Eilín entre todos ellos, como único consuelo entre aquella tempestad que se le venía encima. Pero los saltos y vítores de todos le impedían encontrarla. Angustiada, cerró los ojos para intentar evadirse, pero la emoción de todos los que la rodeaban le estaba llevando al borde del vértigo.

-¡Y ahora ya podemos comenzar la fiesta de la primavera, en el primer día del reinado de Alba!

La alegre frase de Daila obligó a Alba a abrir los ojos. El rito de la primavera era su momento: el momento en el que la reina bendecía los primeros frutos de la tierra. Para eso la había preparado Daila durante aquellas semanas. Asustada vio como Auros seleccionaba a cinco personas que representarían a las cinco provincias. Cada uno de ellos llevaría una cesta a la reina con los primeros frutos de su provincia. Sin embargo, la situación especial que vivían hacía que aquello no fuera posible y en su lugar las cestas llevaban piedras pintadas como si fueran frutas. Uno tras otro las fueron colocando a los pies de Alba que repetía, con voz temblorosa, las bendiciones que había aprendido durante sus solitarias horas de aprendizaje. Se suponía que tras aquellas bendiciones los frutos de la tierra servirían para realizar un banquete, pero dada la situación tuvieron que contentarse con los frugales alimentos que tenían a diario.

Para poder comer a Alba le quitaron el gran manto real. Al verse libre de aquel enorme trozo de tela aprovechó para salir corriendo en busca de Eilín. La encontró abrazada a su hija y sentada sobre una roca. Parecía muy triste y en sus ojos eran evidentes los rastros del llanto.

-¡Eilín!

La joven no se había percatado de la presencia de Alba y al oír su voz la miró con una tristeza tan profunda que Alba se sobrecogió. Se agachó ante ella y le acarició el rostro.

-¿Qué te pasa?

-Eres su reina. –Gimió Eilín en un tono entre quejumbroso y resignado.

Alba se estremeció. En medio de todo aquel lío se había olvidado que Eilín era la hija del actual rey, al que se suponía que ella, Alba, debía derrocar.

-Eilín, -susurró con voz temblorosa mientras se arrodillaba a su lado- yo no haré nada que te duela.

-¿Me dejarás?

-¿Qué? ¡Claro que no! ¡Yo te quiero!

-Pero eres su reina... Y ellos nos odian... Queréis que nos marchemos de esta tierra... Y tú tendrás que hacerlo... Tendrás que abandonarme –Eilín rompió a llorar.

Alba la abrazó y la besó repetidamente el pelo y la cara mientras las lágrimas empezaban a correr por su propio rostro.

-Jamás te echaré de aquí, y no haré nada contra tu padre, te lo prometo.

-Mi padre jamás se ha preocupado por mí... Me vendió al mejor postor y no me importa lo que tengas que hacer con él... Pero no quiero perderte... Te quiero.

-Jamás te dejaré. –Alba la abrazó con más fuerza y la besó en la boca. Ambas estaban asustadas y no sabían cómo acabaría aquella sorprendente nueva situación.

-¡Alba! ¿Qué estás haciendo?

La voz chillona de Dailá las trajo bruscamente a la realidad obligándolas a separarse. La mujer estaba frente a ellas mirándola con reproche. Aunque sabía que Alba era feliz con aquella mujer, no acaba de sentirse cómoda al ver a su sobrina totalmente entregada a los encantos de una mujer perteneciente a aquella raza odiada que acabó con su reino, con su familia y que a punto estuvo de acabar con su vida. Sin embargo, intentó de nuevo con todas sus fuerzas disimular la repugnancia que aquella relación le producía.

-¡Tienes que venir a comer! –Gritó intentando no dejar traslucir su disgusto - ¡No podemos empezar sin ti!

-¿La vas a apartar de mí? –Preguntó dolida Eilín.

-¡A comer! –Insistió Daila ignorando su pregunta.

-Te aseguro que nadie me separará de ti –Insistió Alba mientras le quitaba a Eilín la niña y la cogía ella en brazos.- Ven conmigo.

Aturdida y llorosa, Eilín obedeció y caminó junto a Alba hacia la playa. Dailá pensó en decirles que no era procedente que la reina se presentara ante sus súbditos con aquella niña en brazos, pero prefirió callar. Sabía que Alba era tozuda, estaba enamorada y no iba a ceder. Además, acababa de descubrir algo tan sorprendente que su vida había dado un giro radical y la presencia de Eilín le venía bien, muy a su pesar. Así que dejó que la reina regresara al círculo del "banquete" junto a una mujer bárbara y con la hija de esta en sus brazos.

El gesto, evidentemente, fue recibido con caras largas. Para colmo, Alba exigió que se ampliara el espacio reservado para ella, entre Aulós y Daila, para que Eilín se sentara a su lado. Aquello provocó un airado murmullo general que, aunque palideció a Eilín, no produjo el menor efecto en Alba. Los asistentes esperaban, no obstante que la Suma Sacerdotisa o el general se negaran a ceder su puesto a aquella odiada bárbara, pero ninguno de ellos dijo nada y Eilín se sentó finalmente en el lugar reservado a Auros, dejando a este a su lado. Una vez sentadas en las esteras, Alba colocó al bebé entre ambas.

-Tienes que iniciar el banquete. –Le susurró Daila entre dientes.- Recuerda lo que te he enseñado.

Alba, aún aturdida por todo lo que le estaba pasando, se quedó inmóvil. Vio todos los ojos puestos en ella y se dio cuenta que, además del enfado que tenían por ver allí a Eilín, estaban esperando a que hablara. Asustada se bloqueó.

-¡Vamos! –Apremió Daila- Sólo tienes que bendecirlos a todos y dar comienzo al banquete.

-Tranquila… -Eilín se dio cuenta de la desazón de Alba y le cogió con fuerza la mano.- Hazlo y no tengas miedo. –Le susurró.- Serás una gran reina.

Alba la miró con un enorme nudo en la garganta. Eilín le sonrió y le hizo un gesto de asentimiento, logrando reconfortarla. Finalmente se levantó. Dailá suspiró resignada y miró a Eilín con cierta aquiescencia.

-"Quizá no esté del todo mal que estén juntas" –Pensó mientras Alba comenzaba su bendición.

-Todo lo que aquí tenemos nos lo ha dado la tierra. ¡Gracias por tantos dones, Madre Generosa!. Con reverencia y respeto aceptamos toda esta riqueza para nuestro mayor bien y el de todos los que se crucen en nuestro camino… Podéis empezar a comer.

-¡Viva la reina! –Gritaron al unísono Cool, su amigo y Aulós.

-¡Viva! –Respondió el resto de una forma evidentemente desabrida.

Alba se sentó. Le temblaban las piernas.

-Serás una gran reina. –Repitió Eilín con orgullo.

-¿Eso crees? –Preguntó Alba angustiada.

-No lo dudo.

El banquete logró relajar un poco los ánimos. Mientras comían, el alegre Auros fue relatando cómo aquella mañana estaba preparada desde hacía tiempo. Daila y él habían contado con la complicidad de Caol y su amigo, a los que, sin decirle la identidad de la reina, les contaron detenidamente la ceremonia que se iba a celebrar allí. Cuando descubrieron que la reina a la que iban a ayudar a coronar era Alba sintieron una alegría inmensa.

Acabada la comida, Dailá propuso continuar la celebración con los bailes y las canciones del pasado. Aquello animó sobre todo a los más mayores, encantados de poder enseñar a los más jóvenes otra parte de su cultura. Alba, que pertenecía a este segundo grupo, permaneció sentada junto a Eilín y la niña, observándoles mientras abrazaba a la joven, que ya se sentía más relajada.

La fiesta acabó a la puesta del sol, con la recogida de los restos del banquete. Aún con las novedades del día rondando en sus cabezas, volvieron a la gruta, con Alba y Eilín cerrando la fila. Una vez dentro, se preparó un lugar más apartado para la joven reina. Entre todos fueron llevando mantas y diversos enseres para que Alba se sintiera más cómoda. Allí se instaló con Eilín, para sorpresa y disgusto del resto.

-Quiero que tú estés conmigo –Le dijo a la joven bárbara.- Dale la niña a Mairá y ven.

Eilín aceptó encantada. Su mayor deseo era estar junto a Alba y ahora disponían de un lugar más privado en el que podían amarse lejos de las miradas suspicaces de sus vecinos. Por fin estaban completamente solas y por fin podían disfrutarse sin temor a ser descubiertas.

-No sé qué hacer, Eilín. –Susurró Alba acurrucándose en los brazos de la joven.- No quiero ser reina… No sé hacerlo.

Eilín la besó el pelo con ternura.

-Aprenderás, ya lo verás… Y serás una maravillosa reina… A lo mejor yo puedo ayudarte. –Dijo finalmente en broma y riendo.

Alba levantó la cabeza y la miró con interés.

-¿Qué? –Interrogó Eilín intrigada.

-Nada… Creo que sí…

-¿Qué sí qué?

-Que sí podrás ayudarme.

No esperó a que Eilín respondiera. La besó ardientemente en la boca echándose sobre ella, mientras sus manos se abrían paso entre caricias a través de su cuerpo.

XIX

Durante varios días Daila y Auros instruyeron a Alba en sus labores como reina, centrándose sobre todo en el protocolo real y en los aspectos religiosos. Como antes de la ceremonia de la primavera, Alba bajaba con ellos todos los días a la cala para tomar sus lecciones. Mientras, en la gruta, el resto de personas se preguntaba una y otra vez en qué habían cambiado las cosas desde que recuperaran a su reina. Y la respuesta general era en nada. Esto les irritaba, pero nadie pasaba de murmurar en pequeños círculos que aquella jovencita de veintiún años quizá no fuera la persona más adecuada para llevar el inmenso peso que un trono conllevaba. Para colmo, su reina, en lugar de hacer honor a su sagrado destino, seguía cohabitando con la mujer bárbara para mayor escarnio y vergüenza de su linaje.

Pero Daila y Auros no tenían la intención de mantener a Alba ociosa y en medio de libros, de manera que, en los últimos días de su preparación, comenzaron a decirle lo que se esperaba de ella.

-La guerra de los bárbaros está sentenciada. –Comenzó Aulós.- Las tropas del rey contienen a los rebeldes como pueden casi a las puertas de la capital… Será cuestión de tiempo que entren a sangre y fuego. Tienes que tomar una decisión, Señora.

-¿Qué decisión? –Alba lo miró sorprendida. En esos momentos estaba pensando en el padre de Eilín y en si debía decirle a ella que tenía los días contados.

-Reconquistar nuestro reino.

Alba abrió los ojos como platos y le miró como si no le hubiera entendido bien.

-¿Pretendes matarnos a todos? ¿Cuántos de nosotros sabe siquiera empuñar una espada?

-Auros puede adiestrarlos a todos. –Intervino Daila.- Y si hacemos que corra la voz de tu existencia, muchos esclavos vendrán con nosotros. Los triplicamos en número.

-Pero llevamos años, y los jóvenes toda nuestra vida, trabajando como esclavos, mientras que ellos desde niños aprenden a matar. ¿Cuánto tardaríamos en bajar ese número del que hablas? Por otro lado, nuestra gruta está casi llena, estamos hartos de vivir en ella y los alimentos escasean, ¿pretendes en serio traer a más gente?

-Entonces, ¿qué quieres hacer? –Preguntó Auros.

-Lo primero reunirnos todos allí arriba… Hay mucho que hacer.

Daila y Auros se miraron satisfechos. Esperaban que la joven reaccionara de aquella manera.

Volvieron a la gruta y llamaron a todos para que se reunieran en torno a Alba. Se sentaron con curiosidad, pues aquella era la primera vez desde la fiesta en la que la reina se dirigía a ellos.

-Al parecer la guerra está a punto de acabar con la victoria de los bárbaros del norte. –Comenzó la joven mientras buscaba a Eilín con la mirada. Al encontrarla se dio cuenta que agachaba la cabeza con tristeza. Alba se detuvo y no supo qué más podía decir para evitar hacerle daño.

Ante su pasividad repentina, Dailá intervino.

-Pronto entrarán en la capital y tenemos que salvar al mayor número posible de los nuestros.

Alba volvió a mirar a Eilín, que seguía con la mirada perdida en el suelo.

-Alba. –Apremió Daila en voz baja.

La joven parpadeó reaccionando y continuó hablando.

-Quiero un grupo de voluntarios que se desperdigue estos días por la ciudad para intentar animar al mayor número posible de esclavos a huir y venir aquí. Tenemos que salvar a todos los que podamos.

Unos cuantos, llenos de entusiasmo, levantaron la mano. Entre ellos Caol y su amigo. Pero algunos escépticos protestaron.

-¿Y qué podremos decirles?

-Que yo he vuelto y que pronto recuperaremos nuestro reino.

Un murmullo de asombro y aprobación recorrió la concurrencia. Eilín por fin levantó la mirada y miró a Alba con asombro. Esta le devolvió la mirada con una sonrisa. Quería tranquilizarla, pero Eilín estaba pálida. Temía que Alba la expulsara de su lado.

-¡Viva la reina Alba! –Gritó alguien y al momento todos corearon aquel viva con un entusiasmo creciente.

Alba levantó la mano para pedirles silencio y al instante todos obedecieron.

-Calma… -Insistió.- Se que muchos habláis de batallas, de muertos… Quiero que tengáis claro que, al menos de momento, nadie va a empuñar un arma… Además, nos iremos de aquí.

Todos se miraron asombrados. En efecto, eran muchos los que querían lanzarse a la batalla de reconquista sin pararse a pensar en la superioridad guerrera de los bárbaros.

-Entonces… -Se atrevió a preguntar una mujer.- ¿Qué haremos para reconquistar nuestro reino?

-De momento nos conformaremos con mantenernos vivos. Y cuando la batalla llegue hasta aquí, eso será difícil. En la refriega los bárbaros pueden encontrar el postigo y encontrarnos. Por eso traeremos primero a los fugados y nos iremos luego todos al Este… Allí no hay guerra.

-Pero allí reina la anarquía. –Argumentó alguien.

-No importa. –Concluyó Alba.- Quiero que vengan los voluntarios. El resto, preparad el viaje.

Aunque no entendían muy bien los planes de Alba, era su reina y obedecieron. Los seis voluntarios se acercaron a la joven, que les dio las indicaciones para iniciar la fuga y el salvamento del mayor número posible de personas. También les dijo algo que los sorprendió a todos y que emocionó al amigo de Caol.

-Recordad que no sólo nuestro pueblo sufre la esclavitud. También hay bárbaros pobres esclavizados y viviendo peor que animales. No quiero que les cerréis a ellos las puertas.

Los voluntarios se miraron unos a otros espantados y sólo unos pocos se atrevieron a hablar.

-¿Pretendes que traigamos más bárbaros aquí?

-Si están dispuestos a acatar nuestras leyes y a vivir con nosotros si. Creo que ya habéis visto que no son tan distintos a nosotros.

-¡Majestad! –Emocionado, el amigo de Caol se arrodilló ante ella y le besó en la mano.

Alba tragó saliva. Aún le resultaba extraño recibir tantas atenciones y devoción por parte de los demás. Y, sobre todo, le costaba sentirse superior al resto.

-Marcharos ya… -Apretó con fuerza la mano del joven y sin esperar más intervenciones se fue en busca de Eilín. Necesitaba abrazarse a ella para sentirse segura y a salvo de todos los cambios que la estaban abrumando. Eilín era su refugio, lo único que la mantenía cuerda en medio de aquel caos.

Se la encontró abrazando al bebé, con la cabeza caída y llorando.

-¡Eilín! –Alba se sentó a su lado. Le acarició el pelo rojizo mientras la besaba una y otra vez el rostro.

-¿Qué va a pasar conmigo ahora?

-¿A qué te refieres? –Alba la abrazó intentando que se relajara.

-Has dado la orden de salir de aquí. A nosotras nos dejarás atrás…

-¿Qué estás diciendo? Eso jamás... Escúchame... -Alba le levantó el rostro para que la mirara.- Haré todo cuanto pueda para salvar a tu padre. –Susurró.

Eilín frunció el ceño y la miró como si no la hubiera entendido. Alba sonrió y asintió con la cabeza.

-¡No puedes hacer eso! –Eilín separó su cabeza de las manos de Alba visiblemente enfadada.- Tu pueblo te despreciaría por eso.

Ahora era Alba la que no entendía. Creía que la mayor preocupación de Eilín era el incierto futuro de su padre, cuya cabeza rodaría en cuanto el aspirante del norte entrara en el palacio.

-Además, -continuó Eilín- él jamás aceptaría tu ayuda.

-Entonces, ¿por qué lloras?

-Porque no quiero perderte a ti. –Gimió Eilín- ¿Qué pasará conmigo cuanto te vayas con tu pueblo?

Alba alzó las cejas asombrada y sonrió feliz.

-Que tú vendrás conmigo. ¡Te quiero!

Eilín la miró durante un instante con ansiedad. Finalmente se abrazó a ella con fuerza mientras la besaba una y otra vez.

-No te dejarán. –Susurraba entre beso y beso.

-Yo soy la reina. –Concluyó orgullosa Alba.

Eilín se separó un poco de ella y la miró a los ojos sonriendo. Dejó a la niña en su pequeña cuna y volvió a entregarse por completo a los brazos de Alba, besándola con avidez.

Los voluntarios enviados a la capital por Alba consiguieron salvar a una treintena de personas, entre ellos, seis bárbaros. Estos eran cuatro mujeres y dos hombres muy jóvenes que tenían algún tipo de relación con alguno de los otros esclavos rescatados.

Nada más entrar en la gruta, los oriundos del reino pidieron poder conocer a su reina. Los voluntarios los llevaron hasta Alba que estaba jugando con la hija de Eilín. Los recién llegados se sorprendieron ante la belleza, juventud y sencillez de aquella joven, completamente vestida de blanco y con una abundante cabellera negra sobre su espalda. Se pusieron todos de rodillas en cuanto la vieron, llorando de emoción, pues Alba simbolizaba la posibilidad de recuperar su reino y su vida. Al verlos, ella se turbó. Le entregó la niña a Eilín y se levantó para saludarlos uno por uno. Los bárbaros, en absoluto acostumbrados a ser gobernados por una mujer, fueron los únicos que se mantuvieron de pie, asombrados por la emoción de sus compañeros y la familiaridad de aquella a la que llamaban reina. Cuando a ellos mismos les tocó el turno, se quedaron literalmente petrificados.

-Bienvenidos. –Saludó Alba.

-¿Somos tus esclavos? –Se atrevió a preguntar el más joven.

-Nosotros no tenemos esclavos. –Rió Alba.- Sois libres… Siempre y cuando acatéis nuestras leyes.

Les tendió la mano para que se la besaran. Al principio dudaron, anonadados y desconfiando de tanta generosidad. Finalmente, una de las mujeres accedió y se la besó. El resto, más amedrentados que convencidos, la secundaron.

-¿Crees que son de fiar? –Susurró Daila a Alba en cuanto se separó del grupo de rescatados.

-No tienen muchas más opciones, ¿no crees?

Abandonaron la gruta al amanecer del día siguiente. Descendiendo penosamente por la ladera de la montaña llegaron a un gran bosque que rodeaba el macizo montañoso sobre el que se asentaba la capital. La ruta no fue muy bien acogida por todos, pues se decía que aquellos bosques estaban infestados de bandidos.

-Somos muchos. –Respondió Alba a Auros cuando manifestó su preocupación.- ¿Crees que no sabremos defendernos?

-En todo caso puede que haya bajas.

-Espero que no… De todos modos, es mejor arriesgarse entre los árboles que exponerse por los caminos.

-Pero ir al Este… -Protestó Daila.- ¿Qué sentido tiene?

-Te lo diré allí.

Su viaje estuvo lleno de dificultades, tal como temían Daila y Auros, pues, en las dos semanas que duró fueron atacados en varias ocasiones. En la primera lograron defenderse con ayuda de palos y piedras y, sobre todo, gracias a su superioridad numérica. Los tres hombres bárbaros, más acostumbrados al manejo de las armas, se pusieron bajo las órdenes de Aulós para repeler el ataque. La refriega se saldó con varios muertos de ambos bandos y tres bandidos capturados. Estos fueron presentados ante Alba. Al oír que estaban ante la reina, se turbaron y pidieron perdón. Alba se lo concedió ante el asombro general y los asimiló al grupo.

-¿Por qué les perdonas? –Protestó Bailos- Han matado a alguno de los nuestros.

-Porque la miseria y el dolor les ha llevado a esto.

-¡Juro por mi salud que jamás volveré a hacer algo así! –Lloriqueó uno de ellos, secundado por el resto. ¡Y juro lealtad eterna a mi reina y a mi pueblo!

Para Alba aquello fue suficiente. Por desgracia fueron atacados varias veces más, diezmando por un lado su número y aumentándolo por otro en menor medida con los prisioneros que la reconocían como reina. Sólo algún prisionero se negó a hacerlo, unos porque la rabia y la desconfianza les había amargado y otros porque eran bárbaros y no estaban dispuestos a unirse a los odiados oriundos del reino. Alba ordenó que les ataran las manos a la espalda, les vendaran los ojos y los dejaran en libertad por el bosque.

-Pero volverán a atacarnos.

-Tardarán mucho en desatarse y en caso de lograrlo antes de ser devorados por las fieras del bosque, estarán tan agotados que no tendrán tiempo para nosotros.

Sería mejor matarlos. –Aconsejó uno de los bárbaros.

-¿De forma gratuita cuando están indefensos? No.

-¡Es un error! –Volvió a protestar el joven.

-¡Una sola palabra más y correrás su misma suerte!

El joven enmudeció. Hasta ese momento todos veían a Alba como una joven bondadosa e incluso como débil, pero aquella fuerte y súbita reacción los dejó a todos anonadados. Nadie osó decir nada más y se hizo a partir de entonces todo cuanto ella ordenó.

Al principio de la segunda semana llegaron cerca de una aldea. Alba ordenó parar. Seleccionó a una docena de personas, hombres y mujeres, entre los que estaban los tres bárbaros y, bajo las órdenes de Auros y de Bairós, les pidió que fueran a la aldea para intentar reunir a todos los habitantes, fueran bárbaros o del reino, para hablar con ellos.

No les resultó fácil convencerles de la presencia de la reina, pero al final accedieron a conocerla. Peor fue decirles que Alba también quería hablar con los campesinos bárbaros que, como ellos, malvivían en aquel lugar.

-¿Qué reina es esa que quiere hablar con esos animales? –Bramaban.

-Tu reina, idiota. Y harás lo que ella ordene.

-¡Jamás! –Gritaron todos a coro.

Tuvieron que rendirse ante la recia negativa de los aldeanos. Cuando Alba fue informada de aquello, decidió continuar su camino, llegando así a otra aldea similar. Los andrajosos campesinos, habitantes del reino, sí la recibieron en esta ocasión, aunque mostraron su horror ante lo que consideraban una idea loca e irracional: la integración de los bárbaros.

La vieron llegar con su estola y su manto refulgentes y con una nueva corona de flores en la cabeza, tan bella que creyeron estar frente a una diosa.

-¿Dónde están vuestros vecinos bárbaros?

Todos se miraron sorprendidos de su insistencia, pero, asustados como estaban, no abrieron la boca.

-¿No me estáis oyendo? Quiero que todos los que viven en esta aldea se presenten ahora mismo ante mí.

Una de las mujeres de mayor edad, matriarca de la aldea, se acercó tímidamente a ella.

-Señora... ¿por qué quieres ver a esos animales?

-¿Animales? –Susurró Alba- ¿Acaso no están sufriendo las mismas penurias que vosotros? ¿No asesinan y violan también a sus hijos los señores de esta tierra?

-Sí, señora. Pero ellos se lo han buscado... Vinieron como soldados de esos señores a someternos y esclavizarnos.

-¿Dónde están? –Insistió Alba ignorándola.

Los campesinos estaban verdaderamente aturdidos ante la insistencia de la joven reina. Finalmente todos acabaron pensando que lo que la joven pretendía era matarlos en venganza por tantos años de dolorosa conquista. Se miraron unos a otros como si hubieran intuido ese pensamiento en la mente de sus compañeros y, a pesar del odio que sentían hacia aquel pueblo conquistador, sintieron una súbita repugnancia, pues no estaba en su naturaleza masacrar a un pequeño grupo de gentes tan indefensas y desnutridos como ellos mismos. Alba los miró con curiosidad sin decir nada y esperó. Mientras, Daila, segura que cederían, hizo un gesto a dos muchachos que corrieron a coger un tronco de árbol. Lo llevaron junto a Alba y lo cubrieron con un trozo de tela. La joven se sentó y llamó a los bárbaros que iban en su grupo, incluida a Eilín a la que dio la mano y la sentó a su lado. Los campesinos al fin cedieron muy a su pesar.

-Majestad. –Dijo la anciana.- Están todos escondidos, pues la llegada de tu gente les ha asustado.

-Traedlos aquí.

Consternados, los aldeanos accedieron al fin y fueron a buscar a sus vecinos, escondidos en los pajares. Eran unas pocas familias, tan andrajosos y hambrientos como el resto. Estaban asustados y temblaban. Las madres abrazaban con fuerza a sus hijos, intentando librarlos de lo que creían una muerte segura. Al llegar ante Alba se arrodillaron pidiendo clemencia al menos para sus hijos.

-¿Estos son los animales de los que habláis? – Preguntó Alba con sarcasmo a los otros campesinos.

Nadie dijo nada. Todos estaban esperando el final de aquella extraña escena.

-Señora… -Una de las mujeres bárbaras rompió por fin el silencio.- Mis hijos pueden servirte bien como esclavos. Mátanos a nosotros, pero deja que ellos vivan…

-Nadie va a haceros daño. –Le respondió Alba.

Sus palabras sorprendieron a los bárbaros y a sus vecinos de la aldea, que estaban convencidos de la inminente matanza.

-Este reino pronto volverá a ser nuestro –continuó la joven.- Los señores del norte están a punto de arrasar de nuevo nuestra capital. Con vuestra absurda manía de mataros unos a otros vuestras fuerzas serán cada vez menores. Pero mientras, nosotros nos prepararemos para recuperar lo que es nuestro. Cuando eso suceda, no quiero represalias ni matanzas. Quiero un reino nuevo en el que tendrán cabida todos los que quieran vivir en paz y dentro de nuestra ley. Ese reino lo estamos comenzando ahora nosotros –Alba señaló con un gesto a los que la acompañaban- y os ofrezco a vosotros la posibilidad de formar parte de él. Si aceptáis compartiréis nuestro destino. Si os negáis, os quedaréis como estáis: a merced de esos animales y señores vuestros, que con tanta frecuencia vienen a robaros vuestra comida, a violentar y matar a vuestros hijos y a torturaros a vosotros.

Aquellas palabras fueron recibidas con auténtica consternación por todos, excepto por Auros, Dailá y los jóvenes bárbaros que la acompañaban, que dibujaron una enorme sonrisa de satisfacción. En primer lugar, Alba había manifestado por primera vez el deseo de recuperar su reino y esto les había llenado de alegría, pero pretender compartirlo con aquellos que los habían humillado y esclavizado. Aquella idea era sumamente molesta y todos se miraron con una cierta ira. La anciana de la aldea se atrevió a poner en palabras lo que todos estaban pensando.

-¡Majestad! ¡¿Pretendes hacernos convivir con esta gente?!

La respuesta de Alba fue hacerle un gesto a los jóvenes bárbaros para que se pusieran a su lado y apretó con más fuerza la mano de Eilín.

-¿Son de nuestro pueblo? –Preguntó al fin la joven señalándoles con la mano.

Aquella pregunta tenía trampa, pensó al instante la anciana. Pensó primero que quizá fueran bárbaros, pero desechó rápidamente aquella loca idea. ¿Unos bárbaros con su reina? ¡Imposible! Además, los jóvenes vestían igual que el resto: túnicas cortas de color blanco u ocre. Sólo desentonaba un poco la joven pelirroja, pues al igual que Alba, vestía una estola hasta los pies y llevaba dos joyas: un collar y un brazalete de oro. Fue la única que desconcertó a la anciana, pues ni el pelo rojizo ni las joyas eran frecuentes entre los oriundos del reino. No obstante, se reafirmó en su tozuda tesis.

-Son de nuestro pueblo… ¿De dónde si no?

Alba sonrió y miró a Eilín. Esta le devolvió una mirada embelesada y una sonrisa radiante.

-Me llamo Eilín y soy la hija del usurpador. Nací bárbara y ahora formo parte del reino de mi amada reina Alba.

A continuación se presentaron los otros siete jóvenes bárbaros, manifestando todos su lealtad a la nueva y joven reina. Los aldeanos, tanto los oriundos del reino como los bárbaros los escucharon anonadados y con los ojos tan abiertos que estaban a punto de salirse de sus órbitas. Ninguno fue capaz de decir una sola palabra durante un larguísimo espacio de tiempo. Alba esperó satisfecha y con paciencia. Mientras, Eilín puso la mano sobre su hombro en un claro gesto de orgullo como amante de aquella joven y bella reina que empezaba a causar impresiones tan contundentes en los pueblos de ambas. Al fin, uno de los bárbaros, un hombre de unos cincuenta años, cojo, encorvado y con evidentes muestras de haber sufrido graves humillaciones sobre su cuerpo, avanzó dos pasos hacia Alba.

-Vine aquí como soldado, con promesas de rapiñas y de tierras. Como a otros muchos, me abandonaron a mi suerte. Robamos la tierra que tenemos ahora y como tus compatriotas tuvimos que luchar a partir de entonces para alimentarnos de ella… jamás nos tuvieron en cuenta… Nos golpearon tanto como a los vuestros, violaron a nuestros hijos, los esclavizaron… -El hombre comenzó a llorar a pesar de sus grandes intentos de evitarlo.- Los soldados del señor de estas tierras torturaron y violaron a mi esposa y a mis hijos hasta la muerte. Me obligaron a verlo y luego me partieron una pierna… ¡Y todo para divertirse!

Ya no pudo evitarlo y rompió a llorar. Alba, consternada, tragó saliva. Había oído historias tan terribles como aquella desde su más tierna infancia y jamás había sido capaz de acostumbrarse a ellas.

-Yo no le debo nada a mi pueblo. –Continuó el hombre tras un nuevo intento de contener el llanto.- Y si tú me aceptas, aunque ya casi no puedo hacer nada, te seguiré donde vayas.

Dos mujeres con sus hijos pequeños se apresuraron a unirse, mientras el resto de los bárbaros los llamaban traidores a gritos. Los aldeanos, sin embargo, estaban tan absolutamente desconcertados que no se movían.

-Sois bienvenidos. –Concluyó Alba.- ¿Y vosotros?

Los aldeanos reaccionaron al fin ante la pregunta directa de la reina. Se miraron entre ellos, expresando en silencio el rechazo que sentían ante aquella insólita situación. Como siempre, fue la anciana quien respondió.

-Nosotros no conviviremos con ellos.

-Pues quedaros aquí expuestos a la rapiña... -Alba se levantó y dio la orden de partir.

Asombrados, los habitantes de la aldea vieron como todo aquel gentío se levantaba, ignorándoles por completo, y se iban de allí, acompañados por aquellos nuevos fieles a la reina, sin intentar siquiera hacerles cambiar de opinión. Cuando los perdieron de vista todos se quedaron con la amarga sensación de haber perdido una gran oportunidad para salvar sus vidas. Por ello, en cuanto atardeció, algunos jóvenes buscaron el grupo y se unieron a la causa de la reina Alba.

Camino del este atravesaron varias aldeas en las que repitieron el mismo ofrecimiento. Al principio muchos fueron reticentes a unirse a Alba, pero poco a poco el grupo aumentó de forma considerable.

Pasaban también largos periodos de descanso en claros del bosque donde aprovechaban para recibir clases de esgrima por parte de Auros y de los bárbaros que conocían el manejo de las armas. Alba participaba de tarde en tarde en las clases. Prefería alejarse de todos junto a Eilín para poder disfrutar de sus besos y caricias. Eran los únicos momentos que tenían para estar juntas, para hacer el amor lejos de todos y para poder hablar con tranquilidad de todo cuanto estaba pasando. Eilín seguía animando a Alba, encantada de la fuerza y seguridad que estaba adquiriendo.

-Nunca me preguntas qué quiero hacer. –Le dijo en una ocasión Alba.

-Confío en ti. Sé que todo irá bien. Eres lista, buena, generas respeto... Contigo todo es posible. –Eilín la besó con pasión. Alba la abrazó con fuerza mientras la acariciaba con suavidad.

En su tierra Alba encontró más oposición que en el resto de aldeas. El marido de Eilín había dejado allí un destacamento fuerte que les amedrentaba y nadie quería oponerse a ellos, por lo que les dieron la espalda en cuanto llegaron.

Los que había actuado como sus padres acogieron a la nueva reina con sorpresa y una cierta indiferencia. Siempre habían creído que ella era la hija de aquel soldado desconocido que se la entregó en la capital. Ni habían pensado que el soldado era el mismo Auros, ni jamás imaginaron que la niña que recibían para cuidar era la mismísima princesa. No obstante, la relación en aquel lugar era de mera supervivencia, no paternal, por lo que no sentían demasiado apego ni por ella ni por sus propios hijos.

-Este lugar es difícil –Comentó Auros.- El castillo es inexpugnable y la gente está muy asustada.

-Da igual… -Respondió contundente Alba- No necesitamos su ayuda. Sé cómo actúan los bárbaros de este castillo… Los he sufrido durante diecinueve años. Casi cada día salen unos cuantos para atacar la aldea y divertirse con los lugareños… Cuando lo hagan les estaremos esperando …

-¿Para hacer qué? –Preguntó Daila.

-Para atacarles. Así también tendremos algunas armas y algunos caballos.

-¿Estamos preparados para atacarles? –Daila estaba alarmada.

-Sí, por supuesto. –Respondió Auros.- Pero, ¿qué ocurrirá con los soldados que queden en el castillo?

-Ya nos ocuparemos de eso luego. –Concluyó Alba.

Auros entrenó a conciencia al numeroso grupo elegido para atacar a los soldados en cuanto salieran a "divertirse" con los aldeanos.

-Somos muchos más, pero tened en cuenta que vendrán a caballo y eso nos pone en desventaja. –Les decía.

-Acabaremos con ellos. –Aseguró Bailos. El joven ya se había convertido en el lugarteniente del general.

-Nos alejaremos prudencialmente de la aldea. –Ordenó Auros.- Que no nos vean. Cuando los tengamos a tiro les atacaremos.

Cuando un grupo de soldados bajaron a la aldea para divertirse, fueron asaltados bruscamente en el camino, mucho antes de llegar, por los seguidores de Alba. El primer ataque, el más inesperado, fue con las piedras que les lanzaban desde las hondas. La mayoría cayó al suelo malheridos. Una vez en el suelo fueron rápidamente neutralizados. Los que quedaron a caballo intentaron defenderse con sus espadas, pero los asaltantes hicieron tropezar a los caballos para que cayeran al suelo, tirando a sus jinetes, dejándolos también heridos. Estos también fueron abatidos rápidamente. Los asaltantes, gritando de júbilo, se hicieron con las armas y los caballos. Muchos incluso pidieron a la reina asaltar el castillo.

-No. –Respondió la joven.- Sería un suicidio. Pronto vendrán más soldados a buscar a estos. Acabaremos con ellos igualmente.

En efecto, unas cuatro horas después, extrañados por la tardanza del primer grupo, un segundo grupo de soldados, mucho menor que el anterior, salió a buscarles, sufriendo la misma suerte que sus compañeros.

-Nos traéis la desgracia. –Protestaban los aldeanos al ver tantos muertos.- ¿Qué pasará cuando os marchéis? ¡Vendrán más soldados y acabarán con nosotros!

-No vamos a marcharnos. –Respondió Alba.- Tomaremos el castillo y esta provincia será el principio de mi nuevo reino.

Al oír esto, los seguidores de Alba estallaron en un grito de júbilo. Los campesinos, sin embargo, seguían enfurruñados.

-¿De verdad piensas tomar el castillo? ¿Con qué armas? ¿Con piedras, palos y unas pocas espadas y lanzas?

-No necesitamos armas. Desde hoy no quiero que llevéis comida al castillo. Cuando tengan hambre saldrán.

-¡No podemos hacer eso! ¡Nos matarán!

Alba ignoró sus protestas y quejas. Se acercó a Bailos para ordenarle que los mantuviera vigilados.

-No quiero que llegue al castillo ni un solo grano de trigo.

Bailos no lo tuvo fácil, pues los aterrados aldeanos intentaron en varias ocasiones romper la barrera de soldados que había establecido para evitar que subieran la comida que no tenían para ellos al castillo.

-¡Vamos a morir todos! –Les gritaban.- ¡Dejadnos pasar!

También intentaron convencer a Alba a través de insistentes y sucesivas audiencias. Invariablemente la joven escuchaba sus constantes temores e invariablemente les respondía que no.

-Vosotros ya no estáis al servicio de esos bárbaros usurpadores. Sois de nuevo ciudadanos de nuestro reino.

-¿De que reino hablas? ¿Estás tan loca que no ves que ellos tienen más armas y más poder?

-¿Cómo te atreves a hablar así a Su Majestad?

La rápida reacción de Auros, que echó mano a su espada intimidó a los campesinos, pero Alba le hizo un gesto para que no acabara de desenvainarla.

-Cuando tengan el estómago vacío esas armas no les servirán de nada.

Apremiados por la falta de comida, los soldados del castillo salieron en dos ocasiones, armados hasta los dientes, para intentar frenar la "rebelión". Pero en ambas ocasiones fueron rápidamente eliminados por los soldados de Alba, embozados entre los árboles del bosque. Desesperados, decidieron pedir una tregua para negociar con la reina. Un mediador con bandera blanca bajó a la aldea y fue recibido por la joven.

-Estamos dispuestos a rendir el castillo si a cambio nos dejáis ir.

-No. –Respondió con contundencia Alba.- Seréis juzgados por vuestros crímenes.

La rápida respuesta de Alba los dejó atónitos. A los suyos porque su deseo de asimilar a los bárbaros que actuaban de una forma pacífica les llevaba a verla como una joven bondadosa y débil; y al mediador porque aquella "mocosa impertinente" les dejaba a partir de ese momento en una situación difícil.

-¡Nos condenas a muerte! ¡Cuando un enemigo se rinde hay que mostrarse generoso! –Gritó el Mediador.

-Tranquilo... -Susurró Alba en tono sarcástico.- Nosotros seremos más generosos que vosotros cuando invadisteis nuestra tierra... Y ahora vete. Haced lo que queráis, pues de todos modos estáis condenados.

El hombre se fue tan furioso como consternado. Gruñía para sí que una mujer no podía gobernar un reino y que aquellos esclavos acabarían pagando muy cara una revuelta tan inútil como efímera. Sin embargo, los seguidores de la joven estallaron en un grito de júbilo. Su firmeza y contundencia les infundía nuevos ánimos, pues la veían fuerte y capaz de sobrellevar el destino que le esperaba.

A partir de ese momento, los soldados del castillo actuaron a la defensiva. Quemaron los pocos campos que rodeaban el castillo, condenándose aún más al hambre, y salieron todos dispuestos a acabar con los insurgentes. Pero el bosque siguió siendo la frontera insalvable en la que cayeron la mayoría. Sólo se salvaron unos pocos que se rindieron y fueron apresados.

-¿Cuántos soldados quedan en el castillo? –Les preguntó Auros.

-Una pequeña tropa... -Respondió uno de ellos.- Aún pueden resistir y venceros.

-No creo que tengan muchas ganas de hacerlo.

-¿Atacamos, señor? –Preguntó Bailos al general.

-No. Esperaremos a que se rindan.

Sólo tuvieron que esperar una semana. El hambre y la falta de tropas obligaron a los soldados a salir desarmados y con una bandera blanca. Al igual que sus compañeros supervivientes fueron detenidos mientras las tropas del reino gritaban alabanzas a su joven reina que entró en la fortaleza a caballo acompañada por Eilín, Auros y Daila.

Esta victoria produjo una gran conmoción en los campesinos, a los que les costaba creer que sus amos por fin habían caído. Estaban tan acostumbrados a la miseria que les costaba aceptar aquel cambio. Sin embargo, la noticia fue mejor acogida por otras aldeas vecinas, de manera que muchos campesinos de otros lugares corrieron a ponerse bajo las órdenes de la reina Alba. Esto le venía muy bien a la joven, que tenía la firme intención de poner toda la provincia bajo su dominio, desabasteciendo a los caciques bárbaros.

-Probablemente nos ataquen, señora. –Advirtió Auros.

-El bosque que nos rodea es nuestra salvación. Pon vigías en cada uno de los caminos y en cuanto se acerquen, los atacaremos desde las ramas.

La otra gran ventaja con la que contaba Alba era el orgullo natural de los bárbaros que les impedía ponerse de acuerdo antes de emprender, cada uno con sus propias tropas, el ataque al castillo. Así fue mucho más fácil tenderles emboscadas y derrotarles. Los pocos que lograban salir del ataque, se encontraban con tropas a caballo que los remataban.

La guerra de guerrillas duró varios meses, con el progresivo debilitamiento de los señores del este y el fortalecimiento de las tropas de Alba, constantemente abastecidas por nuevos esclavos que huían de sus amos. Estos esclavos ya no procedían solo del este, pues la noticia del regreso de la reina Alba comenzó a extenderse por el noroeste y el sudoeste.

Alarmados, los bárbaros intentaron ponerse de acuerdo, pero el grueso de ellos seguían de pillaje en el sur, con lo que los del este estaban abandonados a su suerte. De esta manera, toda la provincia acabó en manos de Alba. La noticia revolucionó a la inmensa mayoría de los esclavos que se sublevaron en todos los rincones del reino contra sus amos. Excepto los del sur, que tenían la mayor parte del ejército, el resto atacó e incluso asesinó a sus señores antes de correr hacia el este para servir a la ya legendaria reina Alba. Ni siquiera esta rebelión sirvió para que las tropas bárbaras del sur se decidieran a emprender el ataque del este. Como solía ocurrir entre ellos, una vez hubo llegado al trono el aspirante, tras asesinar al padre de Eilín, otro aspirante le hizo frente, con lo que en el sur se inició una nueva guerra por la corona. Mientras, Alba avanzaba hacia el norte sin a penas encontrar resistencia. Solo cuando a la capital llegaron noticias de la conquista del oeste, los bárbaros reaccionaron. El nuevo aspirante ya lucía la corona, pero contaba con pocas tropas, agotadas por meses de continuas guerras y diezmadas por las muertes y las deserciones. Por si fuera poco, las constantes victorias de la reina la habían convertido en una leyenda y todos decían que verdaderamente estaba bendecida por los dioses.

La tolerancia de Alba hacia los bárbaros provocó que muchos de ellos, de baja extracción social, golpeados por el hambre o sus propios compatriotas, se unieran a su causa. Poco a poco, el rechazo que tales adhesiones generaban entre los oriundos del reino fue desapareciendo y cuando la mayor parte del reino estaba de nuevo en sus manos ya existía una convivencia pacífica entre ellos.

La reconquista del sur se detuvo durante un tiempo. Alba quería que los bárbaros siguieran matándose entre ellos un poco más y mientras se dedicó a reconstruir, en la medida de lo posible la gran parte que ya le correspondía. Nombró gobernador del Este a Bailos; del Norte a Auros, que era originario de allí y del Oeste a Caol. Cada provincia se dividió en secciones dirigidas por un intendente que nombraría el gobernador. Cada gobernador tenía el encargo de reconstruir las ciudades de sus provincias, arrasadas por la conquista y organizar su parte de ejército real. Lógicamente, esto último era más urgente, dada la inminente marcha hacia el sur, que se inició en primavera. Para entonces las tropas bárbaras estaban sumamente débiles y la conquista fue un paseo para Alba. Además, seguían contando con el postigo de la muralla que los bárbaros desconocían. Por él la reina envío un número considerable de tropas que pillaron por sorpresa a los soldados mientras intentaban detener el ataque a la puerta principal. Fueron rápidamente neutralizados y la puerta se abrió, permitiendo la entrada del ejército de Alba justo hasta el palacio real donde apresaron al nuevo rey y a sus seguidores.

La noticia se extendió por toda la ciudad, provocando la alegría desbordante de los oriundos y el pánico de los bárbaros que aún quedaban con vida. Intentaron huir pero fueron detenidos por los soldados de Alba que había dado la orden de no realizar pillajes.

Al día siguiente de la conquista la reina entró triunfal en la capital sobre un caballo blanco. Iba también vestida de blanco y con el gran manto real que llevaba bordado en negro el dragón y la paloma, símbolos de la realeza. Para la ocasión los orfebres le habían confeccionado una corona de oro puro simulando las flores y ramas que lució la primera vez en la pequeña cala. Junto a ella cabalgaba Eilín, también sobre un caballo blanco, símbolo de la dignidad real que Alba quería otorgarle como su amante y compañera en el trono. Tras ellas, Aulós y Daila precedían a los gobernadores y el resto del ejército. Nada más traspasar la puerta, Alba exhumó los maltrechos huesos de sus padres para sepultarlos con todos los honores en el templo del palacio, donde reposaban los cuerpos de los reyes anteriores. A continuación, tomó a Eilín de la mano y entraron juntas en el salón del trono, completamente destrozado a causa de las continuas guerras. Allí dio comienzo su reinado y la verdadera reconstrucción del reino.

Printed in Great Britain
by Amazon

39142747R00069